Über dieses Buch Kommissar Kellermann ist der sehr menschliche Held dieser an klassischen Vorbildern orientierten Detektivgeschichte aus der DDR, die ganz nebenbei ein unspektakuläres Bild vom Alltag im anderen Deutschland vermittelt.
Am Teufelsauge, einem einsamen Tümpel im Wald, entdecken spielende Jungen die Leiche eines Mädchens: die siebzehnjährige attraktive Schülerin ist zuvor mit einem Mann in einem grünen Lada gesehen worden.
Es gibt sechs Verdächtige, wenig Anhaltspunkte, dafür hieb- und stichfest scheinende Alibis. Das Nachdenken über das Tatmotiv bereitet Kommissar Kellermann, der die Untersuchung leitet, schlaflose Nächte, bis er schließlich doch einen Ansatz findet, von dem aus er diesen Fall aufrollen könnte...

Der Autor Jan Flieger wurde 1941 in Berlin geboren. Nach dem Abitur Arbeit als Kipper, Schriftsetzer, zwei Semester Studium der Theaterwissenschaft. Abschluß als Ingenieur-Ökonom im Abendstudium. Seit 1973 arbeitet er als Ingenieur und Assistent eines Werkleiters in Leipzig. Schreibt Kurzgeschichten, Kriminalromane und Abenteuererzählungen.

Jan Flieger

Tatort Teufelsauge

Kriminalroman

Fischer
Taschenbuch
Verlag

Veröffentlicht im Fischer Taschenbuch Verlag GmbH,
Frankfurt am Main, Juni 1988

Lizenzausgabe mit freundlicher Genehmigung des
Mitteldeutschen Verlags, Halle – Leipzig

Umschlaggestaltung: Rambow, Lienemeyer, van de Sand
Druck und Bindung: Clausen & Bosse, Leck
Printed in Germany
ISBN 3-596-28285-3

»Mein schauerndes Gebein deckt kalter Schweiß.
Was fürcht' ich denn? Mich selbst?«

Shakespeare, Richard der Dritte

Prolog

Regentropfen schlugen an die Scheiben des Ladas, dichter und dichter.

Der Mann am Lenkrad fröstelte. Das neben ihm sitzende Mädchen sah er nicht mehr an, und sein Haß auf sie schien zuzunehmen mit jedem Meter, den er weiterfuhr. Leer lag die Straße, die durch den Wald führte, vor und hinter ihm. Es war Mittag.

Der Mann drosselte das Tempo und blinkte, als er den Waldweg sah.

»Was«, fragte das Mädchen, »willst du am Teufelsauge?«

Der Mann schwieg. Die Gestalt, die ihm entgegenkam auf der Straße, dort, wo sie sich nach links krümmte, nahm er beim Einbiegen in den Waldweg nicht mehr wahr.

I

1 Der Schmerz

Er spürte den Schmerz in Wellen.

Und den Wellen folgte eine Leere in seinem Gehirn, die keine anderen Gedanken zuließ.

Hauptmann Kellermann griff nun doch zur Tablette, die ihm die Zahnärztin gegeben hatte. Er mußte den Schlußbericht in der Mordsache Flügel beenden! Er mußte es heute tun, denn der Staatsanwalt wartete bereits.

Als er mit seiner Zunge vorsichtig die frische Wunde in seinem Kiefer berührte, hörte er in der Stille des Raumes nur seinen eigenen Atem.

Er preßte die Zähne aufeinander und saß mit unbewegtem Gesicht an seinem Schreibtisch, so wie ihn alle kannten in seiner Dienststelle, ihn, den stellvertretenden Leiter der Morduntersuchungskommission, diesen vierzigjährigen, eins sechsundachtzig großen und sehr schlanken Mann mit den lebhaften graublauen Augen in dem schmalen langen Gesicht, mit dem kurz geschnittenen aschblonden Haar und dem immer korrekt sitzenden Binder.

Kellermann war froh, daß Fichtel, der ihm sonst gegenübersaß, nicht im Raum war. Der Schmerz bohrte im Kiefer weiter, wurde nur dumpfer. Ich werde, dachte er, wenn der Schmerz anhält, zu Bullesbach gehen und ihn für heute um eine Beurlaubung bitten. Er hatte das Gefühl, die rechte Wange sei stark geschwollen und der Mund eine einzige Wunde.

Er griff zum Telefonhörer, ließ die Hand aber wieder sinken und begann, ohne daß ihm bewußt wurde, was er tat, die Bleistifte und Kulis so zu ordnen, daß ihre Spitzen nebeneinander lagen. Er liebte keine Unordnung, jede Büroklammer, jeder Bleistift, jeder Notizzettel hatte seinen Platz auf dem Schreibtisch, konnte nur dort und nirgendwo anders liegen. Die gleiche Ordnung herrschte in den Fächern seines Schreibtisches und seiner Schränke. Er konnte mit geschlossenen Augen nach einem Schriftstück greifen, das er suchte. Auch seine Uhr regulierte er immer so, daß sie auf die Sekunde genau ging. Ein Spaßvogel hatte ihm den Spitznamen »Preuße« gegeben und dabei wohl auch an Kellermanns Vornamen Fritz gedacht. Kellermann mochte keine Spitznamen und schon gar nicht diesen. Der Schmerz bohrte noch immer, er verging nicht.

Kellermann wußte, Bullesbach würde ihn gehen lassen, wenn er ihn darum bat, da eine solche Bitte Ausnahme war. Kellermann konnte, und er hatte das oft genug bewiesen, achtzehn Stunden am Tag arbeiten, eine Woche lang oder auch länger. Wenn es ein Fall erforderte, konnte er arbeiten, ohne spürbar müde zu werden, und sein ganzes Denken, seine ganzen Empfindungen waren auf den Fall gerichtet.

Erneut griff er zum Telefon, um Bullesbach anzurufen, aber noch ehe er wählen konnte, kam ein Anruf.

Es war Bullesbach.

»Einsatz, Fritz. Eine Tote in der Nähe von Kranek. An so einem Tümpel, den die Leute hier das Teufelsauge nennen.«

Kellermann schnellte hoch, und mechanisch erfolgte beinahe jede Bewegung: der Gang zum Panzerschrank, der Griff zum Halfter, die Kontrolle der Waffe. Der gleiche Anruf erreichte jetzt die anderen, die zum Fundort der Leiche fahren würden.

Kellermann verließ den Raum und betrat das Zimmer Bullesbachs, ohne anzuklopfen. Bullesbach stand im grauen Mantel vor dem Schreibtisch, ein Mann um die Fünfzig, mittelgroß und von massiger Gestalt, der auf dem Kopf nur noch einen Kranz von Haaren trug. Ein von ihm oft zitierter Satz lautete: Ein Kamel müsse vierzehn Tage auskommen ohne einen Schluck Wasser, ein Kriminalist die gleiche Zeit ohne Schlaf. Nach diesem Grundsatz lebte Bullesbach. Schon immer.

Fuchs, der Kriminaltechniker, betrat hinter Kellermann den Raum.

»Los!« sagte Bullesbach.

Ganz dumpf spürte Kellermann den Schmerz, als sie den Raum verließen.

2 Der Tatort

Der Wagen bog in einen Waldweg ein, fuhr an Polizisten vorbei und bog dann ab in einen anderen Weg, der völlig verschlammt war, so daß sie bis zu den Knöcheln versanken, als sie ausstiegen und zu Fuß weitergingen.

Vor ihnen lag der Tümpel. Er war nicht groß, voll schwarzen Wassers. Kellermann verstand, warum er im Volksmund das Teufelsauge hieß.

An beiden Seiten des Tümpels standen hohe Buchen, doch an seinem Ende begann eine lange schmale Wiese, die wie eine Schneise wirkte. Eigentlich war es keine Wiese, sondern ein riesiges Brennesselmeer.

Noch nie hatte Kellermann so viele Brennesseln gesehen, sie standen wie ein schier undurchdringliches Dikkicht, und der Wind bewegte sie leicht. In das Dickicht hinein führte ein schmaler Pfad.

Ein Funkwagenführer begrüßte sie, gab Bullesbach schnell und ein wenig überhastet einen kurzen Bericht. Keine Zeugen also. Nur zwei Jungen gab es, die diesen Pfad geschlagen und dabei im Brennesselfeld die Tote entdeckt hatten.

Bullesbach nickte wortlos.

»Du kannst anfangen, Herbert«, sagte er zu Fuchs.

»Ihr habt sie also gefunden«, sagte Bullesbach dann zu dem größeren der beiden Jungen, der sehr blond war und sie aus blauen Augen ohne Furcht musterte. Er mochte acht Jahre alt sein, höchstens neun, und war sehr kräftig gebaut.

»Ja«, sagte der Junge.

»Wir wollten eine Höhle bauen«, ergänzte der kleinere und blickte zu dem Kriminaltechniker, der seine Arbeit begonnen hatte.

Bullesbach watete durch die Brennesseln, die neben dem Pfad standen, und als er auf einen großen Stein trat, konnte er auf die Tote herabsehen, ohne Fuchs bei seiner Arbeit zu stören. Minutenlang stand Bullesbach reglos.

»Jetzt du, Fritz«, sagte er zu Kellermann und stieg vom Stein herunter.

Nun trat Kellermann auf den Stein.

Die Tote trug Jeans, eine olivfarbene Studentenkutte und lag auf dem Rücken.

Kellermann sah in die offenen Augen der Toten, es waren große Augen, dunkelbraun, beinahe schwarz.

Immer wieder überraschte es ihn, daß dem ersten Blick in die Augen von Toten ein kurzes Erschrecken folgte, das er aber nie einem Kollegen eingestehen würde, selbst Bullesbach nicht, der ein Freund geworden war.

Diese Augen . . .

Diese weitaufgerissenen, doch leeren Augen.

Die Augen, die als letztes in die des Gewaltverbrechers gestarrt hatten, schreckgeweitet, ehe sie starr wurden, ehe der Atem aussetzte, ehe das Dunkel kam.

Diese Augen . . .

In der Stille, die nur durch ein leises Gemurmel unterbrochen wurde, vernahm Kellermann das Summen der Fliegen. Sie waren nicht zu verscheuchen, sie kamen immer aufs neue zu der Toten zurück.

Einen Augenblick lang beobachtete Kellermann nur eine von ihnen, die über das Gesicht der Toten krabbelte. Das abstoßende Bild prägt sich ihm ein, und er wußte, daß es zu denen gehören würde, die nie wieder ganz verschwinden. Es gab Gewaltverbrechen, deren Opfer er nicht vergessen konnte, auch wenn sie den Täter lange schon gefunden hatten. Und gewiß würde es bei dieser Toten das gleiche sein.

Die Tote hatte die Figur seiner Tochter. Ein Schauer durchrann ihn, und seine Lippen wurden noch schmaler.

Die Fliege lief noch immer über das Gesicht der Toten, es war eine Fliege, die sehr grün schillerte, und sie schien Kellermann größer als andere zu sein.

Warum dachte er jetzt, an diesem Ort, an seine Tochter?

Ein so junges Mädchen, dachte er voll Grauen. Lange hatte es keinen solchen Fall mehr im Bezirk gegeben.

Er ging zu Bullesbach zurück, neben dem nun der Staatsanwalt stand, der Körner hieß, ein kleiner, grauhaariger Mann mit einer randlosen Brille, dessen Alter man schwer schätzen und mit dem man gut zusammenarbeiten konnte.

Nun stand Bärlach, der Gerichtsmediziner, auf dem Stein.

»Das ist sie«, knurrte Bullesbach.

»Ja«, bestätigte Kellermann. »Heute bringt die Zeitung ihr Foto.«

Auch er hatte sofort, als er die Augen der Toten sah, an Marie Ampler gedacht.

Marie Ampler ...

Was wußten sie von diesem Mädchen?

Am 28. August war eine alte Frau im Revier in der Südstadt erschienen, weil ihre Nichte die ganze Nacht lang weggeblieben war. Ihre Nichte, hatte sie dort angegeben, wohne bei ihr und besuche die Oberschule, arbeite aber zur Zeit für vierzehn Tage in der Bücherei. Man rief daraufhin Maries Vater in Gera an. Er meinte, daß die Tante übertreibe. Man solle abwarten, denn am

31. August sei Marie gewiß zurück. Auch die Überprüfung der Freundinnen und Freunde ergab keine Spur, und als sogar die Fahndung nichts erbracht hatte, keinen Hinweis, obwohl die Personenbeschreibung der Vermißten in Umlauf gegegeben worden war, mußte Bullesbach zum Leiter der K.

Bullesbach blickte finster, und er wirkte mit den Händen in den Taschen seines grauen Sommermantels wie ein Standbild. Auch Kellermann hielt die Hände am Tatort immer in den Taschen des Mantels oder der Jacke, seitdem einmal im Spurenprotokoll seine eigene Fingerspur mit aufgeführt und er dadurch die Zielscheibe des kameradschaftlichen Spottes geworden war.

»Mit hoher Wahrscheinlichkeit erwürgt«, sagte Doktor Bärlach, der Gerichtsmediziner.

»Der Täter hat bestimmt nicht geglaubt, daß je einer dieses Dickicht betritt«, bemerkte Bullesbach. »Es schien ihm ein sicheres Versteck zu sein.«

Kellermann nickte.

Der verfluchte Regen, dachte er dabei. Tagelang Regen.

Jede Spur wird gelöscht sein, jede.

Einen Fingerabdruck?

Ein Haar, das uns reichen würde, um Geschlecht und Blutgruppe zu bestimmen?

Ein Hautpartikel?

Eine mikrokleine Blutmenge?

Oder Fasern von Kleidung?

Der Abdruck einer Sohle?

Aber der Regen hatte alles weggespült, und die beiden Jungen hatten mögliche Spuren am Tatort zerstört.

Bullesbach dachte wohl das gleiche. Er fluchte leise vor sich hin, er ahnte ebenso wie Kellermann, was ihnen bevorstand bei der Aufklärung. Der Regen war ihr schlimmster Feind, dieser Regen, den Kellermann, soweit er sich erinnern konnte, in solch anhaltender Stärke jahrelang nicht erlebt hatte.

»Keine Schleifspur«, sagte Fuchs, »aber niedergetretene Brennesseln, die nicht von den Jungen stammen, zeigen, daß der Täter aus der Richtung des Weges gekommen ist.«

»Dann hat er sie tot hierher getragen«, sagte Kellermann.

Bullesbach nickte.

Sie wußten beide von der Leiterin der Bibliothek, in der die Tote in den Ferien gearbeitet hatte, daß Marie am 27. August gegen zwölf Uhr den Anruf eines Mannes erhalten hatte und sich dann bei der Leiterin für eine Stunde hatte beurlauben lassen. Nur für eine Stunde, denn um dreizehn Uhr war eine Aussprache mit ihr angesetzt gewesen, zu der sie hätte unbedingt zurück sein müssen. Also hatte sie den Mann gekannt und geglaubt, daß sie pünktlich zurück sein würde. War dieser Mann der Täter?

Bullesbach schwieg. Er runzelte die Stirn.

»Die Obduktion wird uns Genaueres bringen«, sagte er.

Bullesbach blickte zu Boden.

»Fahr du zu ihrem Vater, Fritz«, bestimmte er dann.

Kellermann nickte wortlos. Immer wählte Bullesbach ihn aus für solche Besuche.

Der Schmerz, der im Kiefer zu wühlen schien, hatte wieder stärker begonnen.

3 Der Vater

Auf der Straße nach Gera stöhnte Kellermann mehrmals auf, denn immer wieder, wenn er schneller fahren wollte, behinderten ihn Geschwindigkeitsbegrenzungen.

Er fluchte leise, als er in Gera ankam und auf die Uhr sah: einen ganzen Nachmittag würde ihn dieser Besuch kosten.

Das Werk fand er schnell, schon der erste Mann, den er fragte, beschrieb den Weg so genau, daß er nur zehn Minuten benötigte.

»Kollege Ampler hat eine Beratung«, sagte die Sekretärin.

»Ich habe angerufen«, antwortete Kellermann.

»Herr Kellermann?« fragte die Frau.

»Ja«, erwiderte Kellermann.

»Nehmen Sie doch bitte Platz. Sie können Ihren Mantel in den Schrank hängen. Wir konnten die Beratung nicht mehr absetzen.«

»Danke«, sagte Kellermann. Er behielt den Mantel an. Er saß und wartete, während die Sekretärin wieder zu schreiben begann.

„Sagen Sie ihm bitte, daß ich da bin«, sagte Kellermann mit unbewegtem Gesicht.

Die Frau hob die Augenbrauen.

»Kollege Ampler wünscht bei einer Beratung nicht gestört zu werden.«

»Dann machen Sie eine Ausnahme«, erwiderte Kellermann mit einem Blick auf die Uhr und sah stirnrunzelnd der Sekretärin nach, die die gepolsterte Tür öffnete und sie dann hinter sich schloß.

Eine Minute verging. Die Tür wurde aufgerissen und zwei Männer in weißen Kitteln gingen an Kellermann vorbei, denen ein dritter Mann folgte, der Kellermann flüchtig ansah und grüßte.

»Bitte«, sagte die Sekretärin.

Kellermann betrat den Raum, in dem der Zigarettenrauch wie eine Wand zu stehen schien.

»Nehmen Sie doch Platz«, sagte der kleine, untersetzte Mann, der Kellermann die Hand entgegenstreckte und unsicher lächelte.

»Haben Sie meine Tochter gefunden?«

Kellermann setzte sich schweigend.

»Es war nicht gut, sie zur Tante zu geben, wissen Sie«, sagte der Mann. »Die Tante kann sie wohl nicht zügeln.«

Er hob die Hände zu einer entschuldigenden Geste.

»Aber auch wir, meine Frau und ich, haben es nicht gekonnt. Es ist meine zweite Frau, wissen Sie. Sie ist wesentlich jünger als Maries Mutter. Marie hätte meine neue Ehe zerstört, wenn sie weiter mit uns gelebt hätte . . . Das wollte ich nicht.«

Kellermann schwieg noch immer.

»Es war ihr eigener Wunsch«, fuhr der Mann fort, »zur Tante zu ziehen. Sie hat uns lange bedrängt. Ich hatte viel Mühe mit der Umschulung. Sie werden verstehen, ich . . .«

»Sie ist tot«, sagte Kellermann.

Die Augen des Vaters weiteten sich, und mit der rechten Hand griff er sich an den Binder.

»Wir haben sie heute gefunden«, sagte Kellermann. »Ich bin sofort gekommen.«

»Tot?« sagte der Mann leise.

Kellermann nickte.

Der Mann griff hastig zur Zigarettenschachtel, schob sie wieder weg. Dann strich er sich mit der linken Hand über den Kopf, immer wieder.

»Das ist nicht wahr«, stammelte er.

»Doch«, sagte Kellermann. Das Wort klang hart, härter, als er es beabsichtigt hatte.

Kellermann wartete, er sagte nichts mehr.

Der Mann brauchte Minuten, um sich zu fassen, und als das Telefon surrte, griff er nicht zum Hörer.

»Als wir Sie anriefen«, sagte Kellermann, »und Ihnen mitteilten, daß die Tante uns besucht hatte, weil Ihre Tochter nicht nach Hause gekommen war, meinten Sie, es wären ja noch Ferien und am ersten Schultag sei sie zurück.«

»Ja«, sagte der Mann leise. »Wer denkt denn an so etwas . . .«

»Wir brauchen Ihre Hilfe«, sagte Kellermann.

»Alles, was Sie wollen«, antwortete der Mann müde, »alles . . .«

»Die Namen ihrer Freunde, ihrer Freundinnen, Herr Ampler.«

Der Mann begann zu stammeln.

»Ich habe mich nie um ihre Freundinnen . . . und Freunde . . .«

»Sie kennen sie nicht?«

»Nein, wie . . . Wissen Sie, da fehlt mir einfach die Zeit. Und Marie war auch so kühl, so kalt nach dem Tode ihrer Mutter, so verschlossen. Meine zweite Frau und ich, wir haben uns alle Mühe gegeben, das können Sie uns glauben, aber verstanden haben wir sie nicht mehr. Sie war wie eine Fremde in unserem Hause. Sie kam und ging, wann sie wollte. Aber so sind sie alle in diesem Alter.«

»Nicht alle«, sagte Kellermann.

Der Mann saß mit gesenktem Kopf.

»Ich könnte nicht einen Namen nennen . . . Sie war in Bansin in unserem Bungalow im Mai. In der Ferienwoche, wissen Sie, zusammen mit einer Freundin. Aber den Namen . . .«

»Sie wissen nicht, wie die Freundin heißt?«

»Nein. Wir wollten drei Tage später nachkommen. Aber dann wurde mein Sohn krank. Wir haben noch einen kleinen Jungen bekommen, wissen Sie . . . Marie ist direkt von ihrer Tante aus an die See gefahren. Nein, sie ist getrampt, obwohl ich es ihr verboten hatte. Das ist für sie ein Sport, ein Abenteuer . . . Sie . . .«

»Hat sie einen festen Freund?« fragte Kellermann.

»Sie hat nie einen Jungen mitgebracht. Aber sie hatte keinen festen Freund. Ich glaube, das kann ich mit Sicherheit behaupten. Sie sagte immer über die Jungen ihres Alters, daß sie nur Hohlköpfe wären und Schwätzer. Ihre eigenen Worte, wissen Sie. Sie wollte einen gestandenen Mann.«

»Einen gestandenen Mann?« wiederholte Kellermann fragend.

»Er sollte schon etwas erreicht haben. Sie ging auch nie in die Disko. Kinder, sagte sie, sind dort. Sie wirkte wie zwanzig.«

Der Mann blickte kurz hoch, aber senkte den Kopf wieder.

»Wie wenig weiß man eigentlich über . . . über die eigene Tochter. Man lebt nebeneinanderher.«

Der Mann preßte die geballten Fäuste vor die Augen, und seine Schultern zuckten. Als er den Kopf hob und seine Hände auf den Knien lagen, waren die Augen rot gerändert.

»Aber wer tut so etwas?«

»Sie müssen nachdenken«, sagte Kellermann. »Der kleinste Hinweis kann uns weiterhelfen.«

Der Mann schüttelte hilflos den Kopf.

»Der Tod der Mutter hat einen anderen Menschen aus ihr gemacht, einen fremden. Glauben Sie mir, ich habe mir Mühe gegeben, besonders dann, als meine zweite Frau kam. Wir haben ihr beide immer wieder die Hand gereicht, aber sie blieb unzugänglich.«

Der Mann zitterte erneut.

»Wie ein Stein . . .«, sagte er kopfschüttelnd. »Ich kann Ihnen gar nichts sagen. Ich . . . Mit dieser Jugend komme ich nicht klar . . .«

»Rufen Sie mich an«, unterbrach ihn Kellermann und schrieb seine Telefonnummer auf ein Blatt, das er aus seinem Notizblock riß.

Er ergänzte die Telefonnummer durch eine weitere.

»Meine private«, sagte er. »Sie können anrufen, wann immer Sie wollen. Lassen Sie sich durch keine Uhrzeit schrecken. Wenn es um einen Mord geht, sind wir im Dienst, rund um die Uhr. Immer.«

Der Mann preßte die Handflächen an die Schläfen.

»Ich bin der Vater und kann Ihnen nicht helfen, ich . . .«

»Sie müssen«, entgegnete Kellermann. »Jeder Brief kann eine Spur sein, jedes Foto. Kann ich Maries Zimmer sehen?«

»Aber ja«, sagte der Mann hastig. »Wir können sofort fahren.«

»Danke«, sagte Kellermann.

Der Mann erhob sich.

»Kommen Sie bitte, Herr . . .«

Kellermann nannte seinen Familiennamen.

»Herr Kellermann«, murmelte der Mann. »Maries Zimmer bewohnt jetzt mein Sohn. Aber ihre Sachen sind noch drin, weil sie manchmal kam.«

»Hm«, brummte Kellermann und ertappte sich erneut dabei, daß er eine Angewohnheit Bullesbachs annahm.

Es war ein kleines Zimmer mit einem großen Fenster,

unter dem ein blaues Kinderbett stand. Eingerichtet war der Raum mit den Teilen einer Schrankwand, die alle Wände des Raumes verdeckten. Es waren helle Möbel mit vielen Fächern, und die Fächer waren gefüllt mit Spielzeug.

Über der Tür hingen zwei Bilder von Gauguin, die Kellermann kannte, weil auch er den Maler mochte. Neben dem Fenster sah er einen kleinen Schreibtisch.

Kellermann entdeckte in einem Fach des Schreibtisches, als er ihn durchsuchte, ein Fotoalbum.

»Darf ich?«

Der Mann nickte. »Sehen Sie sich alles an.«

Aber Kellermann durchforschte zunächst alle Fächer des Schreibtisches, ehe er seine Aufmerksamkeit dem Album schenkte.

Er untersuchte Fach für Fach, doch er fand kein Tagebuch, wie er gehofft hatte, keinen Brief.

Dann blätterte er in dem Fotoalbum, sah Kinderbilder Marie Amplers, dann Bilder als Pionier und als junges Mädchen. Aber er entdeckte keinen Freund. Nichts deutete hin auf einen Freund . . .

4 Die Tante

»Nichts«, knurrte Bullesbach, als Kellermann sich aus Gera zurückmeldete. »Es gibt keinen Zeugen, Fritz. Aber es gibt Abdrücke von Handschuhen im Zimmer des Mädchens.«

»Was?« entfuhr es Kellermann.

»Ja«, knurrte Bullesbach. »Offenbar wurde vom Täter versucht, jede Fingerspur zu verwischen. Dazu trug er Handschuhe. Er muß etwas gesucht haben. Dann haben wir noch die Fingerspuren der Tante und die von Marie Ampler im Spurenprotokoll.«

»Und diese Tante?«

»Sie weiß nichts. Fichtel war bei ihr. Und wie steht es bei dir, Fritz?«

Kellermann gab einen kurzen Bericht.

»Ich möchte mir ihr Zimmer ansehen«, sagte Kellermann. »Wird das möglich sein? Sind die Techniker endgültig raus?«

Bullesbach nickte. »Sieh es dir an«, sagte er.

Als Kellermann hinaufstieg in den vierten Stock zur Wohnung der Tante Marie Amplers, folgte er nur seinem Instinkt. Man konnte einen Zeugen befragen, so, wie es Fichtel getan hatte, der versicherte, sie sei nicht ganz richtig im Kopf. Es konnte sein, daß sich nichts Neues ergab. Es war aber auch möglich, daß eine Nuance, die anders war als bei der ersten Befragung, die Untersuchung weiterbrachte.

Vielleicht ging er deshalb selbst zu der alten Frau, die Kitzbach hieß. Emma Luise Monika Kitzbach. So verstaubt ist ihr Gehirn wie ihre Wohnung, hatte Fichtel gesagt. Aber Fichtel war manchmal sehr schnell in seinem Urteil, ein Heißsporn, den man zügeln mußte. Doch er war gut in der Arbeit, und wenn Kellermann einen Täter zusammen mit Fichtel verhörte, wurde es gefährlich für einen solchen Mann.

Kellermann stand vor der Wohnungstür.

»Kitzbach« las er auf dem großen blankgeputzten Messingschild, »Adolf Kitzbach«.

Dieser Adolf, das wußte er, war vor zehn Jahren nach einer Operation der Prostata gestorben.

Unter dem Schild »Kitzbach« war ein kleines angebracht, auf dem der Name »Ampler« stand.

Das war eigentlich normal. Wer hätte das Schild sofort nach dem Bekanntwerden des Todes der Besitzerin des Namens abnehmen sollen? Trotzdem ergriff Kellermann ein eigenartiges Gefühl, als er den Namen las.

Er drückte auf den Klingelknopf.

Kellermann wies sich aus, als die Frau öffnete, eine zierliche Frau, die wohl dadurch noch gebrechlicher wirkte.

»Ich möchte Ihnen mein Beileid aussprechen«, sagte Kellermann. »Ich . . .«

Er sprach nicht weiter, weil er befürchtete, daß die Frau weinen würde.

»Es ist furchtbar«, sagte die Frau.

»Ja«, antwortete Kellermann.

Sie standen sich auf dem Flur der Wohnung gegenüber, aber die Frau schien ihn nicht weiter in ihr Wohnzimmer bitten zu wollen.

»Wir haben eine schwere Ermittlung vor uns«, sagte Kellermann. »Und Sie wollen uns doch helfen?«

Die Frau nickte. »Ich bin eine alte Frau.«

Sie schüttelte den Kopf, immer wieder.

»Ich kann es nicht fassen. Sie hatte keinen Freund, sie mochte überhaupt keine Männer. Sie hat immer gelesen. Manchmal hat sie sich noch abends ein Buch von einer Freundin geholt.«

»Kein Mann?« fragte Kellermann.

»Wie bitte?« fragt die Frau. »Ach so, nein, sie hat nie von einem Mann gesprochen. Und hier war auch keiner. Es ist gut, wenn sich ein junges Mädchen Zeit läßt.«

»Auch in den letzten drei Monaten haben Sie nichts beobachtet?« fragte Kellermann.

»Nein«, sagte die Frau.

Sie trug die grauen Haare streng zurückgebunden zu einem Knoten. Ihre grauen müden Augen musterten Kellermann.

»Ich brühe Ihnen einen Kaffee«, sagte sie.

»Machen Sie sich keine Umstände«, erwiderte Kellermann. »Ich habe gerade einen getrunken.«

»Ja, ja«, sagte Frau Kitzbach. »Wenn Sie wollen, können Sie in das Zimmer gehen, wo sie gewohnt hat. Es ist das Zimmer neben dem Bad. Ich leg' mich wieder hin. Das Herz, wissen Sie . . .«

»Danke«, sagte Kellermann.

Es war kein sehr großes Zimmer. Kellermann überflog es mit wachen Augen, so, wie er es immer tat, wenn er einen Tatort musterte und schnell das Wichtigste erfassen wollte.

Das erste, was ihm auffiel, war an der Wand neben dem Fenster ein großes brauner Bilderrahmen, der aber kein Bild enthielt, sondern, sicher mit Stecknadeln angeheftet, auf einer hellbraunen Stoffunterlage verschiedene Fotos. Sie waren nicht geordnet angebracht, sondern anscheinend nur so, wie sie die Besitzerin erworben hatte. Kellermann trat an diese »Wandzeitung«, wie Fichtel den Bilderrahmen und seinen Inhalt genannt hatte.

Ein farbiges Foto zeigte Marie Ampler zusammen mit einem anderen Mädchen auf einer Straße. Sie hielt ein Schild vor ihre Brust, auf dem »Stralsund« stand. Offenbar war das Foto aufgenommen worden beim Trampen.

Marie Ampler lachte und auch das andere Mädchen. Beide trugen die Jeans hauteng und die Haare sehr kurz.

Zwei Ansichtskarten sah man noch, eine aus einem Badeort an der See, von einer Karin unterschrieben. Es gab, wie schon Fichtel gesagt hatte, außer den Abdrücken keinen Hinweis auf einen Mann in ihrem Zimmer. Nicht einen. Aufgezweckt war noch die Ansicht eines Zimmers, offenbar ausgeschnitten aus einer Wohnungszeitschrift, und das Zeitungsfoto eines Babys.

Rechts oben hatte noch ein Gedicht gehangen, das die Techniker, da es mit der Schreibmaschine geschrieben worden war, mitgenommen hatten, damit eventuell der Schreiber ermittelt werden konnte. »Marie A.« sollte das Gedicht heißen, wie in Fichtels Protokoll stand.

Kellermann kannte das Gedicht, aber er hätte nie gedacht, daß er ihm auf eine solche Art und Weise begegnen würde. Es war ein Gedicht von Brecht und hieß tatsächlich »Marie A.«:

1

An jenem Tag im blauen Mond September
Still unter einem jungen Pflaumenbaum
Da hielt ich sie, die stille bleiche Liebe
In meinem Arm wie einen holden Traum.
Und über uns im schönen Sommerhimmel
War eine Wolke, die ich lange sah
Sie war sehr weiß und ungeheuer oben
Und als ich aufsah, war sie nimmer da.

2

Seit jenem Tag sind viele, viele Monde
Geschwommen still hinunter und vorbei.
Die Pflaumenbäume sind wohl abgehauen
Und fragst du mich, was mit der Liebe sei?
So sag ich dir: Ich kann mich nicht erinnern
Und doch, gewiß, ich weiß schon, was du meinst.
Doch ihr Gesicht, das weiß ich wirklich nimmer
Ich weiß nur mehr: ich küßte es dereinst.

3

Und auch den Kuß, ich hätt ihn längst vergessen
Wenn nicht die Wolke dagewesen wär
Die weiß ich noch und werd ich immer wissen
Sie war sehr weiß und kam von oben her.
Die Pflaumenbäume blühn vielleicht noch immer
Und jene Frau hat jetzt vielleicht das siebte Kind
Doch jene Wolke blühte nur Minuten
Und als ich aufsah, schwand sie schon im Wind.

Laut Protokoll war das Gedicht mit der Schreibmaschine abgeschrieben worden. Hatte es irgendeinen Bezug zu einem Mann, den es im Leben der Marie Ampler gegeben hatte, oder war es einfach eines ihrer Lieblingsgedichte gewesen?

Kellermann schritt durch das Zimmer. Wenn man mit dem Rücken zum Fenster stand, sah man auf der Stirnseite, dicht neben der Tür, einen alten braunen Kleiderschrank aus der Gründerzeit. Es war ein gutes Stück. Gewiß.

Auf der rechten Seite des Zimmers stand eine Anrichte mit Aufsatz, die, genau wie der runde Mittelfußtisch, vom gleichen Tischler stammte, wie auch das hängende

Regal und der kleine Wandschrank auf der linken Seite. Offenbar hatte Marie Ampler versucht, sich hier einzurichten, wie die »Wandzeitung« bewies und ein paar tintenblaue Gläser und kleine Glasvasen, die sicher ihr gehörten und angenehm abstachen von den überladenen Kristallstücken der Frau Kitzbach, die man im Aufsatz der Anrichte sehen konnte.

Kellermann stand in der Mitte des Zimmers und prüfte, ob er nichts vergessen hatte. Er ballte die rechte Hand zur Faust und rieb mit den Knöcheln unter seinem Kinn.

Dann trat er auf den Flur und klopfte an der Tür, die, wie er vermutete, in das Wohnzimmer führte.

Er hörte die Stimme der Frau sehr leise.

»Kommen Sie doch herein, Herr . . .«

Die Frau lag auf einem Biedermeiersofa, mit einer orangefarbenen Decke bis zu den Schultern bedeckt. Es war warm im Zimmer und roch nach abgestandener Luft. Eine Biedermeiervitrine, ein runder Mittelfußtisch und ein kleines Nähschränkchen bildeten die Einrichtung. Die schweren Gardinen, ein dunkles Lila mochte das sein, verdunkelten das Zimmer.

»Ist es nicht schrecklich«, sagte sie.

Kellermann nickte, und er wußte nicht, wie er bei Frau Kitzbach beginnen sollte.

»Besuch hatte sie nicht?« fragte er vorsichtig.

»Ich habe es doch gesagt«, antwortete Frau Kitzbach.

»Und außer Ihnen war keiner in ihrem Zimmer?« fragte Kellermann.

Frau Kitzbach schüttelte den Kopf.

»Nein. Ich hätte es nicht geduldet. Wenn Sie das verstehen!«

»Ja, ja«, sagte Kellermann, und er dachte an seine Tochter und ihren Freund, der oft sehr lange blieb. Er bemerkte es nur, wenn er sehr spät nach Hause kam.

»Fräulein Ampler«, begann Kellermann, »hatte einen Schlüssel für diese Wohnung?«

»Natürlich«, sagte Frau Kitzbach. »Den hatte sie. Ich bin ja nicht immer zu Hause. Aber fast immer.«

Kellermann dachte an den Schlüssel, den sie nicht gefunden hatten.

Vorsichtig blickte er sich im Zimmer um und konnte feststellen, daß der Staub es offenbar gut hatte bei dieser Frau Kitzbach. Aber im Zimmer der Marie Ampler war versucht worden, wie die Techniker ermittelt hatten, jede Fingerspur zu löschen. Der Täter mußte den Schlüssel haben, denn mit ihm war er offenbar nach der Tat in die Wohnung gelangt.

»Hat Fräulein Ampler ihr Zimmer selber saubergemacht?« fragte Kellermann.

»Aber ja«, sagte die alte Frau. »Das verlangte ich. Ich bin viel zu klapprig. Sie sehen es doch selbst.«

Kellermann lächelte.

»Sie sind ein freundlicher Polizist«, sagte die alte Frau. »Ihr Kollege«, fuhr sie fort, »gefiel mir nicht so wie Sie.«

Kellermann strich sich über das Haar. Er dachte wieder an das Gedicht und ob es irgendeine Beziehung hatte zu dem vermutlichen Täter, von dem sie nur einen Abdruck seiner Handschuhe besaßen.

»Darf ich ein Foto aus dem Zimmer von Fräulein Ampler mitnehmen?« fragte Kellermann.

»Aber ja«, sagte die alte Frau. »Bitte.«

Kellermann holte das Foto, das beim Trampen aufgenommen worden war, und ging wieder in das Zimmer der alten Frau zurück. Sie stöhnte.

»Ich hab' Ihnen nicht viel helfen können.«

Sie wollte sich erheben.

»Bleiben Sie liegen«, sagte Kellermann.

»Sie finden allein raus?«

»Aber natürlich«, sagte Kellermann. »Ich danke Ihnen vielmals.«

Die Hand der Frau fühlte sich kraftlos an.

»Es ist furchtbar«, sagte sie leise.

Erst jetzt bemerkte Kellermann den lauten Schlag des Regulators.

»Kann ich noch etwas für Sie tun?« fragte er. »Schaut jemand nach Ihnen?«

»Nein . . . Sie finden den, er es getan hat. Ja?«

Kellermann nickte.

Er nickte noch einmal, bevor er den Raum verließ.

5 Die MUK

Es war genau neunzehn Uhr und sechs Minuten.

Bullesbach saß an seinem Schreibtisch, der, von der Tür aus gesehen, mit dem Tisch davor ein großes T bildete. So konnte Bullesbach alle anblicken, die im Raum saßen.

Leutnant Rita Havenstein war dreißig Jahre alt. Das auffallendste an ihr waren die Augen, blaßgrün, ohne jeden weiteren Farbzusatz, einfach nur blaßgrün. Sie wurden durch ihre Besitzerin mit dem Kajalstift immer schwarz umrandet. Die Nase, die sich leicht in die Höhe wölbte, verlieh ihrem Gesicht einen kessen Ausdruck. Ihre Haare ließ sie regelmäßig zu einer Schüttelfrisur schneiden, die leicht zu pflegen war.

Neben ihr saß Oberleutnant Herbert Fuchs, Kriminaltechniker und Tatortspezialist, sechsunddreißig Jahre alt, rundlich und mittelgroß, der eine schwarze Hornbrille trug. Er hatte die Angewohnheit, die Brille, wenn er nachdachte, in ihrer Mitte mit dem Daumen und dem Zeigefinger der rechten Hand anzuheben.

Sein Gegenüber, Oberleutnant Dieter Rascher, war eins vierundachtzig groß, wog ungefähr achtzig Kilo und wurde in zwei Jahren fünfunddreißig. Sein braunes Haar trug er nach hinten gekämmt. Trotz Einsatz aller möglichen Haarwuchsmittel würde er einmal einen kahlen Kopf haben.

Neben Rascher saß Oberleutnant Hans Cundius, vierunddreißig Jahre alt, klein, wuchtig, mit hellbraunen Augen, der einen Schnurrbart trug und Koteletten. Beim Nachdenken lief er gern pfeifend auf und ab. Dieser Cundius schien eine Art sechsten Sinn zu haben, denn bei komplizierten Fällen waren seine Hinweise oft von entscheidender Bedeutung.

Der letzte in dieser Runde war Leutnant Peter Fichtel, einunddreißig Jahre alt, sehr groß, sehr schlank, mit stets zerzausten Locken, die dem Besitzer in die Stirn fielen. Fichtel wurde »Jung Siegfried« genannt. Seine charakteristischste Angewohnheit bestand darin, einen Bleistift oder Kuli beim Nachdenken durch die Luft zu werfen und ihn, nachdem er sich genau zweimal überschlagen hatte, wieder aufzufangen. Er bildete mit Havenstein und Cundius die Auswertegruppe der Kommission, weil das Informationsaufkommen oft zu umfangreich war und zusammengefaßt werden mußte, denn sämtliche Personen waren zu registrieren, Quervergleiche anzustellen, alle Widersprüche zu ermitteln und Entscheidungen vorzubereiten.

Auch bei diesem Fall mußte es getan werden. Ausgewertet worden war, was bisher ermittelt werden konnte im Laufe eines Nachmittags und eines Abends von Kriminalisten, Abschnittsbevollmächtigten und Schutzpolizisten. Jede Befragung eines Hausbuchführers, eines Lehrers oder Schülers der Schulen, die Marie Ampler in dieser Stadt und in Gera besucht hatte, jede Aussage mußte beachtet werden, jeder Anruf. Fragen über Fragen waren zu klären gewesen . . .

Welche Menschen hatte die Tote gemocht?

Welche Menschen mochten sie?

Welche Männer hatte sie gekannt in dieser Stadt und in Gera, wo sie früher lebte?

Flüchtige Freundschaften mußten einbezogen werden. Mit welchen männlichen Lesern der Bibliothek hatte sie einen besonders guten Kontakt?

Die genaue Untersuchung ihres Zimmers durch Kriminaltechniker gehörte dazu, der Besuch bei ihrem Vater durch Kellermann und das Ergebnis der Obduktion.

Fichtel trug das Ergebnis der Arbeit der Auswertegruppe vor.

Er begann mit dem Obduktionsbefund: »Todesursache Erwürgen. Es konnten Folgen einer komprimierenden Gewalteinwirkung gegen den Hals nachgewiesen werden, wodurch es über einen Sauerstoff- und Nährstoffmangel des Hirns zum Tode der Marie Ampler kam. Der Versuch einer Notzucht konnte nicht festgestellt werden. Nichts deutet darauf hin, daß das Mädchen Widerstand geleistet hat. Es sind keine Hautfetzen unter den Nägeln feststellbar und keine blauen Flecken am Körper.« Und nun kam etwas, das alle überraschte: »Bei der Marie Ampler lag eine intakte Schwangerschaft im vierten Lunarmonat vor. Aber die bisherigen Ermittlungen haben keine männliche Beziehungsperson ergeben, weder in Gera noch hier, in unserer Stadt. Doch etwas entdeckten die Techniker im Zimmer des Opfers – Handschuhabdrücke.«

Alle, die in diesem Raum saßen, wußten sofort um die Wichtigkeit des Abdruckes eines Lederhandschuhs, da Handschuhleder eine charakteristische und jeweils individuelle Musterung aufwies. Mit einem solchen Abdruck konnte man einen Täter identifizieren.

»Bitte weiter, Peter«, sagte Bullesbach und blickte Fichtel an, der fortfuhr.

»Es war festzustellen, daß diese Person sorgfältig alle Möbel und diverse Gegenstände mit einem Tuch abgerieben hatte, um Fingerabdrücke zu verwischen. Offenbar war diese Person Tage vorher in diesem Zimmer gewesen, weil die Tante ihre Schwester besucht und auch eine Nacht dort verbracht hatte. Was wissen wir nun von dem Opfer selbst? Ein sehr schwieriges Mädchen. Einzelgängerin. Sehr gute Zensuren bis zum Tode der Mutter. Ist im Februar diesen Jahres in unsere Stadt gezogen, um bei ihrer Tante zu leben und hier die Oberschule weiter zu besuchen. Grund: familiäre Zerwürfnisse. Immer gespannteres Verhältnis mit der neuen und sehr jungen Frau, die der Vater nach dem Tod der Mutter geheiratet hat. Starkes Absinken der schulischen Leistungen seit dieser Zeit. Immer verschlossener. Eine feste Freundin ist nicht zu ermitteln. Freundschaften gingen schnell in die Brüche. Keine Beziehungen mit Freunden nachweisbar. Hochnäsiges Auftreten gegenüber männlichen Klassenkameraden und Gleichaltrigen. Kein Diskobesuch. Kein persönlicher Kontakt im Wohngebiet.«

Dann kam Fichtel zur Tat selbst.

Zwei Versionen trug er vor.

Die erste: Der Täter habe das Opfer gekannt, aber nichts von der Schwangerschaft gewußt. Er war auf der Durchreise und wünschte das Treffen mit Marie Ampler für einen sexuellen Kontakt. Um zwölf rief er in der Bücherei an. Er fuhr mit dem Opfer los, bog in den Waldweg ein und versuchte an sein gewünschtes Ziel zu gelangen. Da erfuhr er, daß Marie Ampler im vierten Monat schwanger und er höchstwahrscheinlich der Vater war. Es kam zum Streit, und er könnte sie in einem Anfall von Jähzorn erwürgt haben.

»Also ein nicht geplanter Mord«, sagte Bullesbach, »von einem Auswärtigen. Hm . . .«

Er blickte in die Runde. Kellermann hob die Hand.

»Ich denke an die Handschuhe«, sagte er mit unbewegtem Gesicht. »Im Zimmer der Toten hat der Täter offensichtlich versucht, alle Spuren zu verwischen. Daß uns der Abdruck eines Handschuhs reichen könnte, um ihn zu identifizieren, weiß er sicher nicht. Er wußte, wo das

Opfer wohnte, war schon in ihrem Zimmer gewesen. Und er hat offensichtlich auch die Wohnungsschlüssel des Opfers benutzt. Er kannte sich aus.«

»Unsere zweite Version, Fritz, würde deine Einwände berücksichtigen«, sagte Fichtel.

Er wartete auf das »Hm« von Bullesbach, und als er es hörte, sprach er weiter.

»Der Täter wohnt in unserer Stadt, er hat von der Schwangerschaft gewußt, und das Opfer wollte den Abbruch, den er forderte, nicht. Er fuhr mit der Tötungsabsicht zum Tatort, brachte das Mädchen im Auto um und warf es in die Brennesseln. Dann verwischte er die Spuren im Zimmer des Opfers. Zum Tatort wagte er sich offensichtlich nicht zurück.«

»Aber wenn er ein Verhältnis mit dem Opfer hatte«, sagte Cundius, »muß er mit ihm gesehen worden sein. Unsere Stadt hat zweihunderttausend Augen und ebenso viele Ohren.«

»Das«, sagte Bullesbach, »scheint nicht der Fall zu sein. Ich hätte es nicht gedacht. Ich neige zu der Ansicht, daß der Täter mit dem Gedanken an den Mord nur gespielt hat. Also wollte er das Opfer überzeugen. Die Tat selbst geschah als Affekthandlung. Hätte er die Tat genau geplant, so wäre durch ihn sicher vor der Tat ein besseres Versteck ausgekundschaftet worden, ein Versteck, wo wir sie nie oder nur schwer hätten finden können.«

Bullesbachs »Hm« war wieder zu vernehmen. Er erhob sich, um das Fenster zu öffnen.

Bullesbach setzte sich, trommelte mit den Fingern auf die Schreibtischplatte und blickte auf die Uhr.

»Es bleibt bei den gleichen Ermittlungsgruppen«, sagte er.

»Es geht weiter. Die Zeit läuft gegen uns.«

Keinen in dieser Runde hätte er an die Notwendigkeit der Ermittlungen zu erinnern brauchen. Jeder Tag, der nach dem Mord verstrich, konnte eine Hilfe sein für den Täter. Von den letzten Fällen hatten sie nur einen im ersten Angriff klären können. Bei den anderen hatte die unendlich mühsame Kleinarbeit begonnen, bei der ein winziger Beweis ein Mosaikstein sein konnte, der beitrug zur Ermittlung des Täters. Vierzehn Tage lang hatten sie nur zwei Stunden Schlaf in jeder Nacht gefunden.

Die Männer und die eine Frau erhoben sich und verließen den Raum.

6 Die Nacht

Kellermann erhielt den Anruf um zwanzig Uhr achtunddreißig.

Bullesbach war auf der Toilette. Der Anrufer war ein Abschnittsbevollmächtigter aus der Südstadt.

»Ja?« fragte Kellermann.

»Ich habe eine Aussage von einer Frau zum Fall Marie Ampler.«

»Was sagt die Frau?«

»Sie hat Marie Ampler am sechsundzwanzigsten August aus einem Auto steigen sehen. Es war ein dunkelgrüner Shiguli. Sie trug die Kleidung, in der sie gefunden wurde. Das Kennzeichen weiß sie nicht mehr. Aber es soll ein Kennzeichen unseres Bezirkes gewesen sein.«

»Kann sie den Mann am Lenkrad beschreiben?« fragte Kellermann.

»Das eben fällt ihr schwer. Sie hat nur kurz sein Gesicht gesehen. Sie sagt, sie habe geglaubt, die Ampler wäre die Tochter des Mannes. Die Ampler hat dem Fahrer noch nachgewinkt, aber der soll nicht zurückgeblickt haben.«

»Das ist ein guter Anruf«, sagte Kellermann.

Er legte noch nicht auf.

»Wir brauchen die Frau für ein Bild des Mannes. Rufen Sie mich an, ob sie kommen kann. Sagen Sie ihr, daß es eilt. Wenn sie will, können wir sie auch jetzt noch abholen und bringen sie danach wieder nach Hause. Kennen Sie die Frau?«

»Ja«, sagte der Abschnittsbevollmächtigte.

»Würden Sie ihr eine gute Angabe zutrauen?«

»Das würde ich. Sie leitet unsere Kaufhalle. Ich rufe wieder an. Ende.«

»Danke«, sagte Kellermann.

Dann ging er zu Bullesbach.

Ich muß Marianne anrufen, dachte er, als er zurückkam. Es wird wieder spät werden. Eventuell sehr spät.

Er wählte seine Privatnummer.

»Ja?« hörte er die Stimme Heikes, seiner Tochter.

»Ich«, sagte Kellermann.

»Ja, Paps?«

»Mutti da?«

»In der Küche. Kommst du jetzt?«

»Nein.«

»Und wann?«

»Ganz unbestimmt. Es kann Mitternacht werden. Hol Mutti!«

Heike legte den Hörer auf den Tisch, und er hörte, wie sie in die Küche lief. Dann waren es eilige Schritte, die sich näherten.

»Fritz?«

»Tag«, sagte Kellermann. »Es wird spät.«

»Wir wollten heute zu Baumanns! Du hattest den Termin selbst ausgemacht, Fritz. Wir sind dran mit dem Besuch! Wir haben ihn viermal verschoben!«

»Du mußt trotzdem absagen, Marianne.«

»Dann ruf du an! Ich tue es nicht, Fritz!«

»Marianne! Mir ist jetzt nicht nach persönlichem Gerede. Wenn ich anrufe, bekomme ich Detlev oder Silke nicht mehr los. Ich will nicht unhöflich werden.«

Marianne schwieg.

»Marianne? . . . Marianne, was ist denn?«
Aber seine Frau legte auf.
Kellermann wählte seine Nummer erneut.
»Ja, Paps?«
»Mutti hat aufgelegt, Heike.«
Die Stimme seiner Tochter wurde leiser, verschwörerisch.
»Sie ist sauer, Paps.«
»Hm.«
»Furchtbar sauer, Paps.«
»Kannst du sie noch mal rufen?«
»Ich versuch's.«
Kellermann hörte Heikes Stimme, die nach Marianne rief.
»Mutti! . . . Sie kommt nicht, Paps.«
»Sag ihr, ich rufe Baumanns selber an.«
»Gut, Paps.«
»Und bei dir, Heike? Alles klar?«
»Was meinst du, Paps?«
»Na ja«, sagte Kellermann. »Wenn der Fall hier weg ist von meinem Schreibtisch, machen wir mal wieder eine große Wochenendfahrt. Mit Zelt, ja?«
Heike schwieg.
»Mutti ruft«, sagte sie, und ihr Tonfall schien erleichtert. »Ich leg auf, Paps.«
Kellermann hielt noch immer den Hörer in der Hand, als Heike schon längst aufgelegt hatte. Er hielt den Hörer mit der rechten Hand und trommelte mit den Fingern der linken Hand auf der Schreibtischplatte, so, wie es Bullesbach immer tat, wenn er nervös war.
Dann wählte er die Nummer von Baumann.

Bullesbach rief an.
»Komm bitte rüber, Fritz.«
Als Kellermann Bullesbachs Zimmer betrat, sah er ihn

in den Befragungsprotokollen blättern. Es war eine stattliche Anzahl. »Eine gute Arbeit«, sagte Bullesbach, »aber nur eine mögliche Spur! Die Aussage der Frau. Hauptsache, sie beschreibt uns den Mann.«

»Sie kommt?« fragte Kellermann.

Bullesbach nickte.

»Ja. In ein paar Minuten. Bis jetzt haben wir nichts als diesen Anruf. Das will mir nicht in den Kopf, Fritz, daß keiner einen Mann gesehen hat, der mit diesem Mädchen ein Verhältnis hatte. Nicht einer außer dieser Frau.«

»Das kann noch kommen«, sagte Kellermann.

Das Telefon surrte.

»Ja?« sagte Bullesbach. »Bringen Sie sie hoch?«

Er blickte Kellermann an.

»Die Frau, Fritz.«

Die Frau mochte Mitte Vierzig sein, hatte eine etwas zu große Nase, wirkte aber nicht häßlich. Sie gab an, daß sie sich nur schlecht erinnern könnte, nur ganz kurz habe sie den Mann gesehen. Er habe dunkles Haar gehabt, und er wäre wohl um die Vierzig gewesen.

Sie riefen Löscher an und versuchten es mit den unterschiedlichen Haar-, Stirn-, Augen-, Nase-, Mund- und Kinnpartien, sie verbanden sie so lange miteinander, tauschten sie so lange aus, bis die Frau das Gesicht des Mannes zu erkennen glaubte. Doch sie wirkte unsicher.

Bullesbach ließ ein subjektives Porträt anfertigen. Eine Liste aller dunkelgrünen Shigulis der Stadt und der umliegenden Gemeinden hatte er als Sonderaktion schon angefordert.

Die Liste war lang, aber in Verbindung mit dem Gesicht würde sie vielleicht zu dem Fahrer des Fahrzeuges führen, dessen exakte Typenbezeichnung die Frau nicht kannte.

Bullesbach ließ die für die Fahrzeughalter zuständigen

Abschnittsbevollmächtigten aufsuchen und ihnen das Bild vorlegen.

Bullesbach lehnte sich zurück und schloß die Augen.

»Du mußt früh versuchen, Fritz, ob du diese Freundin auf dem Bild findest. Wenn sie den Mann kennt, bring sie mit.«

Kellermann nickte.

Er trat zu Bullesbach an den Schreibtisch heran. Bullesbach blickte die Fotos der Toten an, die am Tatort gemacht worden waren.

»Man vergißt die Augen dieses Mädchens nicht«, sagte Kellermann.

Bullesbach schwieg.

»Wir können die Augen erst schließen«, sagte er dann, »wenn wir den Täter fassen.«

Kellermann bemerkte, daß Bullesbach schwer atmete und Schweißperlen auf seiner Stirn standen.

»Es geht dir nicht gut, Erwin?«

Bullesbach winkte ab.

»Es ist nur der Arm.«

»Der Arm?«

»Mein linker«, sagte Bullesbach, »der mal durchschossen wurde. Er schmerzt häufig in letzter Zeit. Der Schmerz strahlt aus, weißt du, Fritz. Ich wache auf und denke, um meine Brust haben sie eine eiserne Klammer gelegt.«

»Du mußt zum Arzt«, sagte Kellermann nachdenklich.

»Hm«, brummte Bullesbach.

»Du solltest wirklich«, sagte Kellermann. »Du solltest . . .«

»Was sollten wir nicht alles«, brummte Bullesbach.

»Du könntest gehen«, sagte Kellermann. »Wenn noch ein Anruf kommt, übernehme ich ihn.«

Bullesbach stützte den Kopf auf die Fäuste und blickte hoch zu Kellermann. Dieser Fritz war der beste Kriminalist, den er je getroffen hatte in seiner Laufbahn. Wie ein Bluthund folgte er einer Spur, wurde nicht müde, wenn sie einen Fall zu lösen hatten, gab nie auf. Immer blieb er sachlich und kühl, dieser Kellermann, verlor nie die Nerven, wog das Für und Wider jedes Ermittlungsschrittes ab, bis er den effektivsten Weg gefunden zu haben glaubte. Er hatte ihn nicht formen müssen, diesen Kellermann, wie mancher glaubte. Und seitdem es diesen Kellermann gab in der MUK, das wußte Bullesbach, war er als Leiter ersetzbar geworden. Aber es war gut, wenn man wußte, daß es einen Nachfolger geben würde, der die eigene Arbeit in der gleichen Weise fortsetzte.

Der Schmerz im Arm begann wieder, und Bullesbach blickte schnell in die Akte, damit Kellermann ihn nicht aus seinem Gesicht ablesen konnte. Er spürte auch wieder die Klammer, die seine Brust einzuschnüren begann, er atmete kürzer und hastiger, vermied jedoch zu schnaufen, wie er es tat, wenn der Schmerz kam und er sich unbeobachtet wußte.

»Du brauchst erst kurz vor acht morgen in der ersten Schule zu sein«, sagte Bullesbach langsam. »Vorher erreichst du doch keinen.«

»Ja, ja«, antwortete Kellermann.

Um Viertel nach eins fuhr Bullesbach mit dem Einsatzwagen nach Hause. Früh um sechs, das wußte Kellermann, würde er wieder an seinem Schreibtisch sitzen.

Als Bullesbach schon längst die Dienststelle verlassen hatte, saß Kellermann noch immer und blätterte in der Akte Marie Amplers. Er spürte keine Müdigkeit, er war hellwach. Der Täter konnte jetzt, in diesem Moment, ruhig in seinem Bett schlafen, vielleicht neben einer Frau, die nichts ahnte von seiner Tat, er konnte erwachen und lächeln, konnte beliebt sein im Werk und im Wohngebiet. Aber, das wußte Kellermann, er würde nicht mehr ruhig leben können. Das war eine Erfahrung, die sich immer aufs neue bestätigte. Manche Täter waren froh, wenn sie die Tat gestehen konnten, beim Geständnis verspürten sie sogar eine Erleichterung, die die Angst vor der Strafe verdeckte.

Und doch hatten sie einen Fall nicht lösen können, dessen Akte er immer wieder durchgeblättert hatte: Pillig hatten sie oft vernommen. Sehr oft. Seine geschiedene Frau, mit der er noch zusammen gewohnt hatte nach der Scheidung, war verschwunden, von einer Nacht zur anderen, und sie blieb verschwunden.

Kellermann ahnte, als er Pillig vernahm, daß er ihrem Mörder gegenübersaß, doch es gab keinen Beweis. Nicht einen. Dieser Pillig hatte angegeben, daß seine geschiedene Frau vielleicht das Land mit unbekanntem Ziel verlassen habe. Pillig lebte weiter in dieser Stadt, und der Verdacht ließ Kellermann nicht los, er quälte ihn.

Noch immer.

Er stützte die Ellenbogen auf die Tischplatte und lehnte die Stirn gegen die Handflächen.

Wann würde er dem Mörder Marie Amplers gegenübersitzen?

Hatte der Täter geglaubt, daß man ein Verhältnis geheimhalten konnte in einer Stadt? Nun gab es die Aussage dieser Frau. Doch die Frau konnte sich geirrt haben . . . Ein Zweifel war in ihrem Gesicht geblieben. Oder dieser Mann hatte ein Alibi, war völlig unschuldig. Eine Schwangerschaft als Motiv für einen Mord, wenn man sich mit der Ehefrau einigen konnte? Aber oft konnte man sich nicht einigen . . . Eine Marie Ampler, die den Täter erpreßt hatte?

Wenn er morgen zurückkam aus Gera, würde er mehr wissen.

Dieses Mädchen auf dem farbigen Foto. Er mußte es finden!

Zu einer Freundin müßte Marie Ampler über den Mann gesprochen haben, von dem sie schwanger war.

Sie hatte doch gelächelt, als sie den Hörer in der Bibliothek an das Ohr preßte, sie hatte sich gefreut. Sie wäre auch dann losgelaufen, wenn die Leiterin der Bibliothek ihr keine Erlaubnis gegeben hätte. So jedenfalls glaubte es die Leiterin zu wissen.

Die Freundin war ein Schlüssel ...

Er mußte dieses Mädchen auf dem Foto finden! Und noch, bevor sie Verdächtige befragten! So war es besser, falls die leugneten.

Bullesbach würde einen Plan ausarbeiten für diese Befragungen, einen genauen Plan, dessen Fragen, wenn ein Verdacht bestand, an einem bestimmten Punkt zur Falle wurden. Nur Pillig war den Fallen ausgewichen ... Wenn er tatsächlich der Mörder seiner Frau war, hatte er es als einziger geschafft, Bullesbach zu schlagen. Kellermann glaubte aus gelegentlichen Äußerungen schließen zu können, daß auch Bullesbach über diesen Fall nachgrübelte. Wo war die Frau dieses Pillig geblieben?

Die Augen der Toten ...

Es hätte meine Tochter sein können, dachte Kellermann. Sie ist in ihrem Alter. Wir schließen ihre Augen erst, hatte Bullesbach gesagt, wenn wir den Täter fassen.

Kellermann begann, kleine Kästchen auf ein vor ihm liegendes Blatt zu malen, wie er es immer tat, wenn er überlegte. Was diesen Fall anging, konnte er erst zwei Kästchen malen – den Handschuhabdruck und die Aussage der Frau. Ein weiteres Kästchen mußte die Befragung der Freundin ergeben. Vielleicht würde es das entscheidende sein? Und: Was für ein Auto war es? Ein Lada 1200, 1300, 1500 oder 1600, ein Lada 2101, 2102, 2103, 2105?

Kellermann blickte auf die Uhr.

Es war ein Uhr dreißig.

Er ordnete seinen Schreibtisch, bis die Bleistifte und Kulis in der Federschale in Reihe und Glied lagen.

Er bestellte den Einsatzwagen und ließ sich nach Hause bringen.

Als er die Wohnung betrat, sah er, daß Marianne von Baumanns zurück war, denn ihr Mantel hing an dem gedrechselten Kleiderständer.

Kellermann zog sich im Wohnzimmer aus, damit er in das Schlafzimmer gehen konnte, ohne auf den Lichtschalter drücken zu müssen. Er war noch immer nicht müde, und das Grübeln, das wußte er, würde im Bett weitergehen.

Dann stellte er den Wecker auf den Flur, weil sein Ruf, wenn er im Schlafzimmer zu hören war, Marianne eher wecken würde, als es nötig war. Wenn er auf dem Flur schrillte, hörte sie ihn nicht, nur Kellermann, der viel eher das Haus verlassen mußte.

Kellermann ging im Schlafanzug in die Küche und nahm einen Becher Joghurt aus dem Kühlschrank. Marianne kaufte ihn immer frisch, so, wie er es liebte.

Mit dem Becher in der Hand betrat er das Wohnzimmer, wo auf dem runden Tisch, der genau in der Mitte des Zimmers stand, die Zeitung lag.

Während er aß, blätterte er sie durch, las aber nur die Schlagzeilen, weil er sich nicht konzentrieren konnte. Seine Gedanken kreisten weiter um den neuen Fall. Der Joghurt schmeckte nicht. Sicher wäre ein Bier besser gewesen.

Er erhob sich, löschte das Licht, ging auf den Flur und weiter im Dunkeln in das Schlafzimmer. Er tastete sich zu seinem Bett. Als seine Finger über das Kissen glitten, berührten sie Papier.

Kellermann stutzte, dann ergriff er das Blatt mit zwei Fingern seiner rechten Hand und tastete sich vorsichtig zurück, bis er wieder den Flur erreichte und von dort in das Wohnzimmer gelangte, wo er auf den Lichtschalter drücken konnte.

Nun sah er, daß es ein Briefbogen war, auf dem drei Sätze standen.

Als er sie las, schmunzelte er.

> »Es ist die feste Regel, daß die Beamten der Sûreté ihre ganze Zeit dem Dienst zu widmen haben.
> Da jede begonnene Untersuchung oder Überwachung grundsätzlich ohne Unterbrechung durchgeführt werden muß, besteht kein Anspruch auf freie Stunden oder Tage.«

Wer mochte wissen, wo sie diese Sätze aus den offenbar internen uralten Vorschriften der französischen Kriminalpolizei gefunden hatte, als man die noch La Sûreté nannte.

Aber dann las er den Schlußsatz:

> »Sollten diese Beamten gleichzeitig Fachmänner bei der Reparatur von Waschmaschinen sein, so wäre es gut für ihre Familien, wenn sie trotzdem eine solche Arbeit in ihren Zeitplan aufnehmen könnten.«

Kellermann ballte die rechte Hand zur Faust und rieb sich mit den Knöcheln das Kinn – dieser Zettel war ein Friedensangebot, offensichtlich, aber auch eine unmißverständliche Aufforderung.

Also ging er in das Bad. Auf der Waschmaschine lag ein weiterer Zettel mit der Angabe des Fehlers.

Er begann mit der Reparatur, und es gelang ihm, den Fehler schneller zu beheben als bei anderen Anlässen.

Endlich war er in seinem Bett, doch er konnte, als er still lag und Mariannes gleichmäßige Atemzüge hörte, nicht einschlafen.

Er grübelte weiter . . .

Es war totenstill im Haus.

II

7 Schaaf

Beinahe leer lag die Straße vor Kellermann, und nur als er die Thälmannstraße hochfuhr, kamen ihm zwei Lastwagen entgegen. Er fuhr schnell, aber an der Kreuzung stand die Ampel auf Rot, so daß er warten mußte. Er blickte nach rechts und sah in das Gesicht eines Mannes, der eine Garage in seiner Garagengemeinschaft besaß. Der Mann fuhr einen dunkelgrünen Lada.

Kellermann konnte sich an den Namen des Mannes erinnern, weil er sich ihm einmal vorgestellt hatte: Schaaf.

Schaaf nickte ihm freundlich zu, und Kellermann erwiderte den Gruß. Dann gab er Gas, als er Grün sah.

Was Kellermann noch nicht wissen konnte in diesem Augenblick, geschah später, genau zehn Minuten nach zehn. Da nämlich glaubte ein ABV, den Mann auf dem subjektiven Porträt erkannt zu haben. Der Mann sei ein gewisser Peter Schaaf und stellvertretender Leiter des Autohauses des VEB Ifa-Vertrieb.

Drei Minuten später wußte Fichtel bereits durch einen Anruf beim VEB Ifa-Vertrieb, daß Schaaf am 27. August zwischen zwölf und zwei bei einem Kunden gewesen wäre.

»Hol ihn gleich«, entschied Bullesbach.

Es war Minuten vor seinem Infarkt.

Als Kellermann den Stadtrand, von Gera zurückkommend, bereits erreicht hatte, saß der Mann, der Schaaf hieß, in einem Zimmer der Bezirksbehörde und wartete. »Einen Moment«, hatte der Polizist zu ihm gesagt und den Raum wieder verlassen. Schweiß stand Schaaf auf der Stirn, heiße Wellen durchfluteten ihn, und er atmete hastig.

Eine Vorladung?

Wegen der Klärung eines Sachverhaltes?

Er lockerte seinen Binder, öffnete dann den obersten Knopf seines Hemdes und wischte sich den Schweiß von der Stirn.

Mehr sagten sie nicht?

Sie holten ihn einfach zu sich, ohne daß sie ihm die Möglichkeit zu einer Vorbereitung gaben?

Sollte ihn Findeisen angezeigt haben? Doch er hatte mit dessen Vater gesprochen.

Unmöglich. Aber Schaaf war unsicher. Hätte er das Geld nicht nehmen sollen? Diese hohe Summe?

Er dachte an das Gespräch mit Findeisen, so, als ob er es noch einmal führen würde . . .

»Ein Herr Findeisen«, sagt Vera, seine Sekretärin. »Er hat keinen Termin«, fügt sie hinzu.

»Na gut«, sagt Schaaf.

Der Mann, der eintritt, schließt die Tür hinter sich.

»Findeisen«, sagt er und verbeugt sich leicht. Seine Augen weichen Schaafs Blick aus. Schaaf liebt keine scheuen Männer.

»Was wünschen Sie?« fragt Schaaf und weist auf den Stuhl vor seinem Schreibtisch.

»Es geht um einen Wagen.«

»Wann bestellt?« fragt Schaaf.

Der Mann schweigt.

»Noch gar nicht«, sagt er dann. »Ich bin neu hierhergezogen. Ich übernehme das Geschäft meines Vaters.«

»Welches Geschäft?« fragt Schaaf überrascht.

»Goldschmied Findeisen.«

»Oh«, sagte Schaaf.

Der Mann hebt die Schultern, lächelt unsicher, sieht aber dann Schaaf plötzlich an.

»Es geht um ein Auto . . .«

»Und?« sagt Schaaf.

»Vielleicht ergäbe sich eine Möglichkeit, wenn . . .«

»Sie haben keine Anmeldung?« sagt Schaaf.

»Ich meine«, antwortete der Mann, »ich wäre gerne bereit . . .«

»Ich weiß nicht, was Sie wollen«, sagt Schaaf schnell.

»Es gibt doch Ausnahmen«, erwidert der Mann.

»Auf was wollen Sie hinaus?« fragt Schaaf in scharfem Ton.

»Na ja«, sagt der Mann, weicht erneut Schaafs Augen aus, sieht herum im Raum und blickt dabei mit besonderem Interesse auf das Foto eines Wartburg-Tourist.

Schaaf schweigt, aber die Gedanken jagen sich in seinem Kopf. Offensichtlich sucht der Mann, der ihm gegenübersitzt, nach Worten, um sein Anliegen noch besser darlegen zu können, ohne sich zu weit vorzuwagen. Gewiß hat er einen Tip bekommen. Nur von wem?

»Hat Ihnen jemand etwas gesagt?« fragt Schaaf vorsichtig.

»Nein, nein«, antwortet der Mann. »Auf Gerede gebe ich nie etwas.«

Schaaf weiß nicht, was er tun soll. Kann er diesem Mann vertrauen?

»Und Sie sind der Sohn von Goldschmied Findeisen?« fragt er.

»Ja«, sagt der Mann. »Sie können meinen Vater anrufen. Er wartet auf Ihren Anruf.«

Schaaf spürt den Schweiß unter den Achselhöhlen, als fürchte er die Entscheidung, die genau abgewogen werden muß, sehr genau, denn der Gewinn muß sich die Waage halten mit der Sicherheit. Aber in diesem Fall ist sie wohl da, denn vor ihm sitzt ein Mann aus einem angesehenen Geschäft.

Der Mann greift in die Innentasche seines blauen Sakkos und entnimmt ihr einen Briefumschlag, den er Schaaf über den Tisch schiebt.

Schaaf blickt auf den Umschlag.

»Stecken Sie ihn wieder ein«, sagt er dann. »Sie können nicht einen Briefumschlag auf diesen Tisch legen, ohne daran zu denken, daß jemand in das Zimmer kommen kann.«

Der Mann lächelt unsicher.

»Ohne Quittung, Herr Schaaf. Wir sind allein. Vertrauen gegen Vertrauen. Fünftausend Mark sind in dem Umschlag, die gleiche Summe gebe ich Ihnen, wenn ich den Kaufvertrag unterschreibe. Eine einfache Sache. Und ich erspare mir den Automarkt und einen Schieber.«

Eine einfache Sache? denkt Schaaf wütend. Dieser Findeisen junior benimmt sich, als wäre er sicher, daß jeder die Hand aufhält, der an einem Platz sitzt, wo es sich lohnt.

Langsam greift Schaaf nach dem Umschlag und schiebt ihn in die Innentasche seines Sakkos.

»Vertrauen gegen Vertrauen«, wiederholt der Mann, der ihm gegenübersitzt und sich nun erheben will.

»Ich brauche noch ein paar Angaben für die Bestellkarte«, bemerkt Schaaf und greift zum Kuli. Ich werde die Sache gleich zu Ende bringen, denkt Schaaf. Ich werde eine Bestellkarte mit weit zurückliegenden Daten neu anfertigen und in das Bestellbuch aufnehmen.

Schaaf feuchtet sich die Lippen an, als sein Besucher den Raum verlassen hat, und er denkt an Spanknecht, der zehntausend zusätzlich gegeben hat für den Lada. Wer sein Geld so ausgibt, auf diese Weise, den muß man einfach schröpfen.

Aber dann erfüllt ihn eine seltsame Unruhe.

Findeisen . . .

Vera betritt sein Zimmer, ohne anzuklopfen. Sie lächelt ihn an und legt eine schwarze Unterschriftmappe auf die rechte Seite seines Schreibtisches.

Schaaf lächelt gequält. Er mag Vera, aber in diesem Augenblick ist er froh, daß sie das Zimmer wieder verläßt, ohne gesprochen zu haben.

War er unvorsichtig gewesen?

Er greift zum Telefonbuch, beginnt hastig zu blättern, bis er den Namen findet: »Findeisen, Goldschmied.«

Er wählt.

»Findeisen.« Es ist die Stimme eines alten Mannes.

»Hier ist Schaaf«, sagt Schaaf.

»Oh«, die Stimme klingt erfreut.

»Ihr Sohn war bei mir?« sagt Schaaf.

»Aber ja. Wir sind Ihnen sehr zu Dank verpflichtet, Herr Schaaf.«

Schaaf schweigt.

»Hilfsbereite Menschen sind selten in unserer Zeit«, sagt Findeisen.

Schaaf weiß nicht mehr, was er eigentlich sagen und wie er das Gespräch beenden soll.

»Ja, ja«, sagt Findeisen.

Offensichtlich wartet er darauf, daß nun Schaaf sprechen wird.

»Ich will eigentlich nur bestätigen, daß die Sache okay ist«, bemerkt Schaaf.

»Kommen Sie mal mit Ihrer Frau Gemahlin vorbei«, sagt Findeisen. »Die Frau Gemahlin hat sicher einen Wunsch, der bei mir erfüllt werden kann. Mal etwas ganz Besonderes. Gold brauchen Sie selbstverständlich nicht abzugeben, Herr Schaaf.«

»Gut«, erwidert Schaaf. »Dann wünsche ich noch einen schönen Tag.«

»Danke, lieber Schaaf. Das gleiche, das gleiche.«

Schaaf legt auf.

Da klopft es kurz, und die Tür öffnet sich. Aber nicht Vera betritt den Raum, sondern ein ihm unbekannter Mann, sehr jung, sehr groß und mit einem blondgelockten Kopf.

Schaaf blickt in einen Dienstausweis, der geöffnet wird.

»Herr Schaaf. Wir brauchen Sie zur Klärung eines Sachverhaltes.«

Schaafs Erinnerung setzte plötzlich aus, weil er Geräusche im Nebenzimmer hörte und hastig gesprochene Worte.

Warum holen sie mich nicht? dachte er. Erst machen sie es dringend. Warum lassen sie mich warten? Auf dem Tisch lagen Zeitschriften, und er bemerkte die gestrige Zeitung, die er noch nicht gelesen hatte, blätterte sie achtlos durch, doch dann, als er sie schon weglegen wollte, blickte er noch einmal auf die letzte Seite.

»Von der Volkspolizei erfahren«, stand dort fettgedruckt über der Fotografie eines Mädchens.

»Gesucht wird seit dem 27. August Marie Ampler«, las er schnell. Sie sei 160 cm groß, habe eine zierliche Gestalt und sehr kurz geschnittenes schwarzes Haar. Bekleidet sei sie mit einer blauen Jeanshose und einer olivfarbenen Studentenkutte. Wer habe sie zuletzt gesehen und mit wem. Hinweise, die auf Wunsch vertraulich behandelt würden, nehme die Kriminalpolizei – es folgten zwei Telefonnummern – sowie jede andere VP-Dienststelle entgegen.

Das war sie! dachte er. Das war sie wirklich! War sie tot? Ermordet?

Ihre Augen waren ungewöhnlich groß, selbst auf dem Bild sah man das. Er erschrak. War er vielleicht der letzte

Mann, der sie lebend gesehen hatte? War sie mit ihm gesehen worden? Er erstarrte. Die Augen des Mädchens schienen ihn anzublicken, diese großen und sehr schönen Augen, an die jeder, der sie sah, sich wohl erinnerte. Seine Annäherung im Auto hatte sie abgewiesen. Auch das Geld.

Er schlug die Zeitung zu und saß minutenlang still, ohne sich zu rühren.

Er hatte sie doch nur als Tramperin mitgenommen! Mehr war nicht geschehen, wenn man von der kleinen Zudringlichkeit absah. War er doch beobachtet worden, als sie ihn zurückgestoßen hatte am Abend des 26. August? Wenn sie ihm nicht glaubten? Wenn sie gegen ihn zu ermitteln begannen, fragten, sich vielleicht auch mit seinem Vermögen befaßten, das so schnell gewachsen war in den Jahren, die zurücklagen.

Seine rechte Hand lag angespannt auf der Zeitung und dem Foto. Der Nagel seines Daumens grub sich in die Handfläche.

Es war Viertel vor elf, und sie ließen ihn weiter warten.

8 Die Freundin

Kellermann betrat im gleichen Augenblick die Bezirksbehörde. Er dachte an die Uhrzeit, die zwischen ihm und Bullesbach abgesprochen war. Er würde pünktlich zurück sein, ja viel eher, denn die Tramperin auf dem Foto war in der dritten Schule, die er besuchte, vom Direktor erkannt worden. Sie hieß Karin Groß. Man hatte Kellermann sogar den Betrieb genannt, in dem sie arbeitete, ein Betrieb am Stadtrand, wo sie als technische Zeichnerin ausgebildet würde.

Kellermann wäre beinahe vorbeigefahren an diesem Werk, aber dann hatte er doch das Firmenschild gesehen. Es war ein kleiner Betrieb im Vergleich zu den großen der Stadt.

Kellermann stoppte den Wagen vor dem Werk und stieg aus.

Er wurde in den ersten Stock eines Gebäudes geführt und wartete in einem kleinen Raum, bis ihm Karin Groß gegenüberstand.

Er wies sich aus.

»Von der Kriminalpolizei sind Sie?«

»Sie brauchen nicht zu erschrecken«, wehrte Kellermann ab.

»Nur ein paar Fragen, die uns weiterhelfen können.«

»Ich soll Ihnen helfen können? Um was geht's denn?«

Das Mädchen hatte ein schönes Gesicht und mandelförmige Augen, und sie trug die Haare länger als auf dem Foto, das in Marie Amplers Zimmer an der »Wandzeitung« hing.

»Es geht um Ihre Freundin«, sagte Kellermann.

»Beatrice?«

»Nein«, sagte Kellermann. »Um Marie Ampler.«

»Marie«, sagte das Mädchen gedehnt, und seine Stirn runzelte sich.

»Wir war'n befreundet. Ich hab' sie nicht mehr gesehen. Ich hab' mehrere Freundinnen. Marie ist etwas schwierig, wissen Sie. Seit zwei Monaten hab' ich sie nicht mehr gesehen. Sie schreibt auch nicht mehr.«

»Wieso?« fragt Kellermann.

»Sie ist eben ein komischer Typ. Aber warum fragen sie mich denn aus? Hat sie was ausgefressen?«

»Nein, nein«, sagte Kellermann. »Was wissen Sie über Freunde, die sie hatte?«

»Freunde?«

Karin Groß lachte auf.

»Wissen Sie . . . da ist nicht viel. Der muß man ein' bakken. Und junge Burschen? Da landet keiner!«

»Wie muß er denn sein?«

Karin Groß winkte ab.

»Wo soll ich da anfang'n? Er muß schon älter sein, er muß 'ne dolle Position haben, er muß erzählen könn', er muß männlich wirken, er muß gut gekleidet sein. Das is 'ne ganz lange Liste von Forderungen. Am liebst'n 'n hohes Tier oder so was. Als ob das alles is. Manche brauch'n wohl 'n Vatertyp. Die is so, die Marie. Oder so geword'n. Mit ihrem alten Herrn kommt sie ja nich mehr aus. Die is durch den Tod der Mutter geschockt. Der Vater bringt so 'ne junge Biene an. Irgendwie is die Marie ein andrer Mensch geword'n. Ich weiß auch nicht. Richtig umgekrempelt is sie.«

»War sie früher anders?«

»Da hat sie studiern woll'n, da wollte sie toll was werd'n. Ehrlich. Nun ist sie mies in der Schule, da muß es eb'n 'n Mann sein, der was darstellt.«

»Hatte sie einen solchen Mann?«

Karin Groß überlegte.

»Sie hatte einen.«

»Hat sie ihn nicht mehr?«

»Doch! Sie hat ihn sicher noch! Das war ja bei ihr wie'n Erdbeben. Die war völlig verknallt. Der is' verheiratet, hat ihr aber was erzählt von Scheidung und so. Es müsse geheim bleiben zwischen ihm und ihr, meint er wohl immer, weil die Trennung von seiner Frau Zeit braucht. Der spinnt ihr doch nur was vor. Und da kommt er an eine wie Marie. Da hat er freie Fahrt.«

»Haben Sie ein Foto von dem Mann gesehen?«

»Ach wo. Alles streng geheim. Ein Supergeheimnis.«

»Wissen Sie mehr über den Mann?«

»Nein.«

»Uns hilft jede Information. Hat sie nicht noch etwas erzählt?«

»Warten Sie ... ja ... er fährt einen Shiguli, und 'n schicken Bungalow hat er wohl auch. Und 'n dickes Konto.«

»Welche Farbe hat das Auto? Wissen Sie das?«

»Grün.«

»Das hat sie gesagt?«

»Ja. Das weiß ich. Das hat sie ganz bestimmt gesagt.«

»Was für ein Grün?«

»Ein dunkles. Sehr schick.«

»Wissen Sie noch mehr? Uns hilft jede Information. Jede!«

»Nein. Mehr weiß ich wirklich nicht.«

»Wo wohnt der Mann?«

Das Mädchen dachte nach.

»Warten Sie . . .«

Plötzlich schnipste sie mit den Fingern ihrer rechten Hand.

»Na klar! Da hat sie mal was erzählt. Von ihrem Zimmer bis zur Wohnung von dem Kerl braucht man mit dem Auto fünfzehn Minuten. Genau. Bei Regen hat er sie mal mitgenommen, aber in einer Straße abgesetzt, die parallel zu seiner verläuft. Der hat eben Schiß vor seiner Frau. Das ist'n Held. Da sehn Sie gleich, was das für einer ist.«

»Die Straße?«

»Die hat sie nicht gesagt. Die hat doch fast nichts erzählt. Die trifft den nur heimlich. Nur im Dunkeln. Nur mal im Wald, im Auto oder bei sich, wenn die Tante nicht da ist. Also mir wär' das sowieso nichts. Entweder er will mich, oder er will mich nicht.«

»Das ist richtig«, sagte Kellermann.

»Nicht wahr, das finden Sie auch? Ich hab' ihr das gesagt. Ganz deutlich. Da bin ich ehrlich. Da nehm' ich kein Blatt vorn Mund.«

»Und Fräulein Ampler?« fragte Kellermann. »Wie reagierte sie darauf?«

»Sie schnappte ein und ist noch immer nicht ausgeschnappt. Bis heute. Keine Zeile! Nichts! Na ja, von mir kommt auch nichts mehr. Marie hat abgegessen. Und wenn der Kerl ihr den Laufpaß gibt, braucht sie auch nicht zu kommen.«

»Und den Namen des Mannes wissen Sie nicht zufällig?« sagte Kellermann rasch.

»Nee«, sagte Karin Groß. »Der Name war wieder ein Supergeheimnis. Als ob er hier in unserer Stadt, wo den keiner kennt, etwas zu bedeuten hat. So'n Quatsch.«

»Ja, ja«, sagte Kellermann nachdenklich.

»Und das Alter des Mannes?« fragte Kellermann.

»So um die Vierzig«, denke ich. Ich glaube, das hat sie mal gesagt. Na, auf jeden Fall ein alter Knacker.«

Sie fuhr mit der rechten Hand über ihr Haar und überlegte, ehe sie weitersprach.

»Auch das richtige Alter war'n Geheimnis. Das muß ja 'n Prinz sein!«

»Aber mit der Viertelstunde von ihrem Zimmer bis zur Wohnung des Mannes«, sagte Kellermann, »das wissen Sie genau?«

»Absolut. Sie ist doch mal mitgefahren, als es dunkel war, aber dann eine Straße eher ausgestieg'n. Und nur einmal hat er's getan. Sind Sie aus ihrer Stadt?«

Kellermann nickte.

Karin Groß musterte ihn plötzlich mißtrauisch.

»Aber warum frag'n Sie mich das alles?«

Kellermann winkte ab.

»Es sind reine Routinefragen, wissen Sie. Wir führen eine Untersuchung.«

»Etwa gegen diesen Kerl?«

Kellermann überhörte die Frage bewußt, er verzog keine Miene.

»Sie waren mit Marie Ampler im Bungalow in Bansin?«

»Woher wissen Sie 'n das?« fragte Karin Groß, und ihre Bestürzung, ja die geradezu hastige Frage verblüffte Kellermann.

»Ich war mit ihr dort«, bestätigte sie dann.

»Sie waren in Bansin immer zusammen?« fragte Kellermann.

Das Mädchen antwortete nicht, offensichtlich dachte sie nach, aber sie war blaß geworden.

»Warum?« fragte sie plötzlich schnippisch.

»Dort«, stieß Kellermann schnell nach, »haben Sie keinen Mann gesehen?«

»Ein' Mann?«

»Na ja«, sagte Kellermann. »Einen, der so war, wie ihn Ihre Freundin wollte.«

»Nein«, antwortete das Mädchen hastig, als ob sie das Wort weghaben wollte von ihren Lippen.

»Sie waren immer zusammen?«

»Ja doch«, antwortete das Mädchen.

»Es war nicht möglich, daß Marie Ampler einen Mann treffen konnte, ohne daß Sie dabei waren?«

»Nee! Das hätt' ich gesehen«, war die sehr schnelle Antwort.

»Sie sind zusammen getrampt?«

»Verboten?«

Kellermann hob die Hände.

»Nein, nein. Erinnern Sie sich. Bitte!«

»Ich weiß nicht, was Sie wollen.«

»Ihre Freundin«, sagte Kellermann langsam, »ist tot.«

Das Mädchen saß plötzlich starr, und sie schüttelte den Kopf, als könnte sie die Worte ungesagt machen.

»Tot? Sie ist . . .«

»Ja«, sagte Kellermann. »Und wir suchen den Mann, der es getan hat.«

»Es hat sie einer richtig . . . umgebracht?«

Kellermann nickte. »Deshalb frage ich Sie noch einmal, Fräulein Groß, haben Sie einen Mann gesehen? Hat sie von einem Mann gesprochen in Bansin?«

Die Augen des Mädchens wichen ihm aus.

»Jeder Hinweis ist wichtig«, sagte Kellermann. »Jeder!«

Das Mädchen nickte und lächelte dann, aber gequält.

»Was soll ich denn wissen?«

»Vielleicht waren Sie nicht jeden Tag zusammen?«

»Wieso sollen wir nicht jeden Tag zusammen gewesen sein? Was wiss'n denn Sie . . .«

Das Mädchen atmete hastiger.

»Tja«, sagte Kellermann.

»Wir war'n zusammen! Die ganzen Tage! Jede Stunde. Nachts! Am Tag! Immer!«

»Überlegen Sie noch mal«, sagte Kellermann, und als er ihr Zögern bemerkte: »Haben Sie vor irgendeinem Menschen Angst?«

»Ich?« Das Mädchen lachte auf, aber das Lachen klang wie ein Schluchzen. »Vor wem sollte ich'n Angst hab'n?«

»Vor dem Täter«, stieß Kellermann sehr schnell hervor.

Das Mädchen schwieg, und in ihren Augen stand ein Trotz, der jeder weiteren Frage, das ahnte Kellermann, widerstehen würde. Wußte sie mehr? Ihr Verhalten war eigenartig.

»Überlegen Sie«, sagte Kellermann. »Wir klären einen Mord.«

»Ich habe alles gesagt«, antwortete das Mädchen leise.

»Alles?« fragte Kellermann. »Das unterschreiben Sie auch?«

»Ja doch«, sagte das Mädchen.

Dann holte sie tief Luft, als wollte sie weitersprechen.

»Ja?« fragte Kellermann.

Aber das Mädchen zuckte mit den Schultern.

Kellermann zeigte ihr das subjektive Porträt.

»Kennen Sie den Mann?«

»Nein«, sagte das Mädchen leise . . . »Nein! Den hab' ich nie gesehen. Ist das der Mörder?«

Kellermann antwortete nicht.

»Ich danke Ihnen«, sagte er.

Kellermann stieg die Stufen in der Bezirksbehörde hinauf.

Er sah die Männer mit der Bahre, die Bullesbach an ihm vorbeitrugen, der reglos auf ihr lag.

Zur »grauen Eminenz«, auch »Sir Börn« genannt, zu diesem Oberstleutnant Börn und Leiter der K, wurde Kellermann sofort gerufen. Es wäre schrecklich, sagte Börn, aber sie hätten keine Minute zu verschenken in diesem Fall. In wenigen Minuten müßte er einen Mann vernehmen, der Schaaf hieß und mit dem Marie Ampler gesehen worden sei.

Oberstleutnant Börn reichte ihm eine Version aus psychologischer Sicht, Bullesbach habe sie nicht mehr lesen können.

Kellermann nickte.

Seine Kehle war trocken.

Er besaß die Fähigkeit, sehr schnell zu lesen und sich Sätze wortgetreu einzuprägen. Er las von einer offenbar starken inneren Beziehung, die das Opfer mit dem Täter verbunden habe. In dem Täter habe das Opfer etwas »Besonderes« gesehen, was der Täter entweder sei oder vorgespielt habe. Das Opfer habe mit einer solchen Tat nie gerechnet, sei von ihr überrascht worden. Der Täter aber habe geglaubt, sich in einer Notsituation zu befinden. Obwohl er den Mord geplant habe, wollte er ihn wohl noch vermeiden. Er hätte sonst auch das Versteck der Leiche besser geplant. Indem er die Leiche nur in die Brennesseln geworfen habe, sei bei ihm eine Paniksituation zu erkennen. Es sei anzunehmen, daß der Täter auch weiterhin in einem Angstzustand lebe, der in seinem Verhalten gegenüber seiner Umwelt zum Ausdruck kommen könne. Er werde versuchen, sich so zu benehmen, daß sein Verhalten keine Veränderungen zeige. Er sei gewiß ein sehr vorsichtiger Mann, dem es gelungen sei, das schon seit längerer Zeit bestehende Verhältnis zu dem Opfer geheimzuhalten.

»Hilft es Ihnen?« hörte er den Oberstleutnant fragen.

Kellermann nickte. Während er über den Besuch in Gera berichtete, dachte er schon an die Liste aller Besitzer von grünen Shigulis, auf die die Angaben der Aussage zutreffen würden. Er wußte noch nicht, daß als erster auf der Liste Schaaf stehen würde.

»Nun nehmen Sie sich diesen Schaaf vor«, sagte der Oberstleutnant.

Kellermann schloß sein Zimmer auf, und noch ehe er an seinem Schreibtisch saß, betrat Cundius den Raum.

»Ja, Hans?«

»Wir haben eine Zeugin, Fritz.«

Er schwenkte ein Blatt in der Hand, das er Kellermann überreichte.

»Weißt du, Fritz, ich bin auf der Straße weitergefahren, die am Teufelsloch vorbei nach Zippkendorf führt. Ich dachte mir: Wenn zur Tatzeit auf dieser Straße ein Fußgänger unterwegs gewesen ist, kann er nur aus diesem Ort gekommen sein. Und die Idee habe ich gehabt, weil eine Rückfrage bei den Verkehrsbetrieben ergeben hatte, daß der Mittagsbus ausgefallen war. Nun halte dich fest! Es gibt diesen einsamen Regenwanderer! Es war eine Frau, die ein Rezept für ihr krankes Kind einlösen wollte in der Apotheke.«

Kellermann starrte Cundius verblüfft an. Es war ein unglaublicher Zufall, aber es gab ihn! Cundius, den sie die »Spürnase« nannten, war auf ihn gestoßen, nachdem er ihn bewußt gesucht hatte. Ein besseres Team, dachte Kellermann beim Lesen, als diese Männer kann sich keiner wünschen.

Er überflog das Protokoll.

Cundius: *Und Sie wissen genau, daß es der 27. August war?*

Zeugin: *Aber ja. Ich mußte das Rezept einlösen. Und der Bus fuhr nicht, da ging ich los, obwohl es wie aus Kannen gegossen hat.*

Cundius: *Und den Weg, der zum Teufelsauge führt, kennen Sie genau?*

Zeugin: *Aber ja.*

Cundius: *Und in diesen Weg bog ein Auto?*

Zeugin: *Ja.*

Cundius: *Was war es für ein Wagen?*

Zeugin: Ein Shiguli.
Cundius: Konnten Sie die Farbe erkennen?
Zeugin: Grün. Na klar, es war ein dunkelgrüner. Gewiß.
Cundius: Können Sie die Zeit genau angeben, wann sie das Auto sahen?
Zeugin: Natürlich. Ich bin die Strecke oft gelaufen. Warten Sie . . . Bei Regen und Sturm ist es etwas anders, da muß man paar Minuten zugeben. Es war zehn Minuten nach zwölf.
Cundius: Da sind Sie ganz sicher?
Zeugin: Absolut.
Cundius: Haben Sie sich nicht gewundert, daß das Auto in diesen Weg einbog?
Zeugin: Nein. Ich dachte, der Fahrer kennt sicher die Abkürzung nach Fenshausen, er bringt jemand hin. Er kam dann ja auch wieder an mir vorbei.
Cundius: Fuhr er schnell?
Zeugin: Er ist an mir vorbeigerast wie ein Verrückter. Irrsinnig schnell fuhr er.
Cundius: Wann war das?
Zeugin: Die Stadtgrenze hatte ich noch nicht erreicht.
Cundius: Nach wieviel Minuten, schätzen Sie, überholte er Sie?
Zeugin: Nach einer Viertelstunde etwa.
Cundius: Wie viele saßen im Auto?
Zeugin: Eine einzelne Person.
Cundius: Und als das Auto in den Weg einbog?
Zeugin: Da waren es zwei.
Cundius: Können Sie die Person auf der Rückfahrt beschreiben?
Zeugin: Nein. Es ging zu schnell. Aber es war ein Mann, und er hatte dunkle Haare. Das habe ich gesehen.

Cundius: *Haben Sie auf das Kennzeichen des Wagens geblickt?*

Zeugin: *Ich weiß nur, daß es ein Kennzeichen unseres Bezirkes war. Der muß ja aus der Stadt gewesen sein, wenn er den Weg kennt, der am Teufelsauge vorbeiführt.*

Kellermann ballte die rechte Hand zur Faust und rieb sich mit den Knöcheln das Kinn.

Die Tatzeit!

Sie hatten die genaue Tatzeit!

III

9 Der anonyme Anruf

Schaaf blickte die Männer an, die ihn vernehmen wollten. Der eine saß hinter dem Schreibtisch, der andere, der ihn geholt hatte, lehnte am Fenster und hielt die Arme vor der Brust verschränkt.

Sie haben mich warten lassen, dachte Schaaf, damit ich unsicher werde.

Den sitzenden Mann kannte Schaaf, es war dieser Kellermann, dessen Auto heute früh neben seinem gestanden hatte vor der Ampel. Also war er der Chef, obwohl er sehr jung aussah. Seine Haare waren aschblond und mit dem Messer geschnitten. Er trug einen grauen Anzug und einen blauen Binder.

Hellwach saß Schaaf, keine Regung in den Gesichtern dieser Männer würde ihm entgehen. Sie mußten beginnen, nicht er, und sofort, nachdem sie begonnen hatten, mußte er mit seinen Antworten ihre Angriffe parieren, er durfte nicht unsicher wirken.

Der Mann hinter dem Schreibtisch schwieg.

Sollen sie doch beginnen, dachte Schaaf, ich will endlich wissen, von welcher Seite sie mich packen wollen.

Warum ermahnte ihn der Mann zur Wahrheit, ehe er die erste Frage stellte?

Schaaf machte die Angaben, die seine Person betrafen.

»Wir müssen im Interesse der Aufklärung eines Gewaltverbrechens viele Bürger befragen«, hörte er. »Wir setzen ihr Verständnis voraus.«

Schaaf nickte. Das also ist der Chef der Mordkommission, dachte er schnell. Von dieser Seite kam der Angriff. Ich muß so gelassen wie möglich wirken. Bleibt der geringste Verdacht, befassen sie sich weiter mit meiner Person.

Plötzlich und ganz unvermittelt hielt ihm der Sitzende ein Foto entgegen.

Das Mädchen! Es war das vergrößerte Foto des Mädchens! Schaaf spürte ein Zucken in den Augenlidern, das nicht weichen wollte.

»Kennen Sie dieses Mädchen?« fragte Kellermann.

»Ich?« antwortete Schaaf. Das Blut pochte in seinen Schläfen und in den Ohren.

Schaaf bemühte sich nachdenklich zu blicken. »Ich sah ihr Bild in der Zeitung.« Schaaf schwieg. Was sage ich nur, schoß es ihm durch den Kopf. »Natürlich«, begann er dann, wobei er sich mit der rechten Hand vor die Stirn schlug. »Ich habe sie als Tramperin mitgenommen.«

»Als Tramperin?« hörte er Kellermann schnell fragen. »Wann?«

»Es war am sechsundzwanzigsten August. Ich kam von meinem Bungalow«, antwortete Schaaf. »Sie stand am Straßenrand und winkte. Ich habe gehalten und sie mitgenommen. Aber ich hatte den Kopf voller Gedanken. Wir haben nicht gesprochen. Zeigen Sie mir das Bild noch einmal? Ja, das muß sie gewesen sein.«

Er sah die beiden Männer an, deren Gesichter undurchdringlich blieben und die sich mit den Augen zu verständigen schienen.

»An der Mariannenstraße habe ich sie abgesetzt.«

»Hm«, brummte Kellermann wieder und blätterte in einer Akte.

»Na schön, das war am sechsundzwanzigsten August. Und was war an den anderen Tagen?« fragte der Mann am Fenster.

»Es gab nur das eine Mal«, entgegnete Schaaf schnell.

»Nur das eine Mal?« sagte der Mann am Fenster, als spräche er mit sich selbst.

»Ja«, bestätigte Schaaf. »Warum soll ich falsche Angaben machen?«

»Sie wissen, seit wann Fräulein Ampler vermißt wird?« fragte nun wieder Kellermann.

»Ja«, antwortete Schaaf. »Es stand in der Zeitung.«

Sein Gegenüber runzelte die Stirn. »Herr Schaaf, wo waren Sie am siebenundzwanzigsten August? Schildern Sie uns Ihren Tagesablauf.«

»Am siebenundzwanzigsten August? Ich war im Büro. Den ganzen Tag«, sagte Schaaf.

»Und wo waren Sie zwischen zwölf und vierzehn Uhr?«

»Ich habe gearbeitet.«

»So?«

Die beiden Männer beobachteten ihn, und er begriff, daß sie mehr wußten.

»Da brauche ich meinen Kalender«, sagte Schaaf und überlegte. »Lassen Sie mir einen Augenblick lang Zeit.«

Fieberhaft dachte er nach. Der 27. August . . . »Ach ja«, sagte er dann. »Ich erinnere mich. Ich war bei einem Kunden.«

»Der kam nicht zu Ihnen, Herr Schaaf?«

»Nein . . . seine Bestellung war dran. Nur«, Schaaf versuchte zu lächeln, »wir vergaßen, ihn zu benachrichtigen. Irgendwie war es verpaßt worden. So bin ich hingefahren. Gleichzeitig habe ich mich entschuldigt.«

»So«, sagte der Sitzende. »Sie sind mit Ihrem Wagen gefahren?«

»Ja.«

»Sie fahren einen dunkelgrünen Lada 2105?«

»Ja.«

Die Gesichter der beiden Männer blieben unbewegt.

»Wann waren Sie bei ihm?« fragte Kellermann.

»So gegen halb eins«, antwortete Schaaf unsicher, weil er wußte, daß es später gewesen war. Aber vielleicht gab Kretzschmar diese Zeit an. Schaaf wußte nicht mehr, wo er gehalten hatte, weil ihm schlecht geworden war. Doch für diese Männer wäre eine solche Angabe kein Alibi, weil es keinen Zeugen gab.

»Sie können den Kaufvertrag sehen«, sagte Schaaf. »Ich hatte ihn mit.«

»Sie hatten ihn gleich mit?« fragte der Mann am Fenster.

»Ja«, sagte Schaaf. »In diesem besonderen Falle. Sie werden verstehen.«

Er nannte den Namen des Käufers aus einem nahen Dorf und die Anschrift, und der Sitzende schrieb sie mit, dieser Kellermann, dessen Gesicht unverändert blieb, als ginge ihn die ganze Vernehmung nichts an.

»Wir werden das überprüfen, Herr Schaaf. Wir müssen Sie so lange hier behalten, bis wir Ihre Angaben überprüft haben.«

»Das können Sie nicht.«

»Wieso nicht?«

»Na, der Herr Kretzschmar ist doch im Ausland.«

»Im Ausland?«

»Ja, er hat eine Urlaubsreise in die Mongolei angetreten.«

»Woher wissen Sie das?«

»Wir hatten darüber gesprochen. In einer Woche ist er erst zurück.«

Der Mann, der am Fenster stand, verließ das Zimmer.

Der Mann, der Kellermann hieß, ließ ihn nicht aus den Augen, als er sprach, und er sprach sehr leise.

»Wir sind am Flugplatz, Herr Schaaf, wir sind die ersten,

die mit Herrn Kretzschmar sprechen. Denken Sie daran, Herr Schaaf.«

Schaaf spürte, daß sein Herz schneller schlug. Alles hing davon ab, wie er sich verhielt, dieser Kretzschmar.

Schaaf spürte, daß seine Augenlider wieder stark zuckten. Er hätte sie verfluchen können.

Welche Zeit würde Kretzschmar angeben?

»Wenn Ihnen etwas einfällt, Herr Schaaf, so rufen Sie an. Sie können mich anrufen, wann immer Sie wollen.«

Das Gesicht dieses Mannes, dachte Schaaf, bleibt völlig unbewegt. Kaltschnäuzigkeit gehört zu seinem Beruf.

»Kann ich gehen?« murmelte Schaaf, der wieder an Kretzschmar dachte und an all die Folgen, die der Verdacht auslösen würde. Dieses verfluchte Mädchen!

»Warten Sie noch!« hörte er.

Der Blonde mit dem lockigen Haar betrat wieder das Zimmer und schob einen Zettel seinem Kollegen zu, der dann nickte und Schaaf wieder ansah.

»Eine Frage noch, Herr Schaaf.«

»Ja?«

»Wir bräuchten mal Ihre Lederhandschuhe. Mein Kollege kommt gleich mit.«

Schaaf schüttelte den Kopf. Was sollte diese Frage?

»Ich habe zur Zeit keine«, sagte er dann entschuldigend.

»Sie haben keine Handschuhe?«

»Ich habe sie irgendwo liegenlassen. Ein paar neue Handschuhe schenkt mir sicher meine Frau. Ich habe bald Geburtstag.«

Der Mann, der Kellermann hieß, schwieg. Der andere, der am Fenster stand, warf einen Kuli in die Luft, wo sich dieser zweimal überschlug, und fing ihn wieder auf.

Dann begann dieser Kellermann erneut.

»Wir danken Ihnen, Herr Schaaf. Wenn Sie warten, können Sie das Protokoll gleich unterschreiben.«

Ich habe sie nicht das letzte Mal gesehen, ahnte Schaaf, ich habe sie im Nacken sitzen. Da ist einiges unausgesprochen geblieben, sie haben nicht alles gesagt, was sie wissen. Sie beginnen erst, sie wollen mich unsicher machen. Sie wissen viel mehr.

Er unterschrieb dann das Protokoll im gleichen Raum, wo er verhört worden war, nachdem er es gelesen hatte.

Als er sich umwandte, um zur Tür zu gehen, sah er das Bild des Staatsratsvorsitzenden, dessen Augen ihn mit der gleichen prüfenden Schärfe zu mustern schienen wie die der Polizisten in Zivil.

»Ich bringe Sie«, sagte der Mann, der am Fenster stand.

Schweigend stand ihm der Mann im Fahrstuhl gegenüber. Die Beklemmung wich nicht, die Schaaf gepackt hielt, aber er zwang sich, fest in die Augen des Polizisten zu sehen.

»Ein harter Dienst?« fragte er und versuchte, seiner Stimme einen gelassenen Tonfall zu geben.

»Ja«, sagte der Polizist.

Schaaf saß am Lenkrad seines Shigulis. Sie hatten einen Verdacht! Sie hatten ihn im Visier! Wen sie einmal im Visier hatten, den vergaßen sie so schnell nicht.

Er sah den Polizisten, der Zivil trug, in ein Auto steigen.

Schaaf fuhr los, und er übersah ein Stopschild, hörte einen schrillen Pfiff eines Uniformierten und erhielt, als er noch zu diskutieren begann, zwei Stempel.

Bei Kellermann surrte das Telefon, obwohl er gesagt hatte, daß er nicht gestört werden wollte.

Es sei ein Anrufer, hörte er, der den Chef sprechen wolle, der den Mörder des Mädchens suche.

»Gut«, sagte Kellermann.

Er hörte eine Männerstimme. »Sie sind der Chef, der den Mord an dem Mädchen untersucht?«

»Ja«, sagte Kellermann in die Muschel hinein.

»Es geht um das Mädchen . . .«

»Ich höre.«

Der Unbekannte hatte eine zögernde Art zu sprechen, er mußte ein schüchterner Mensch sein, der auch sicher nicht oft telefonierte.

»Ich möchte etwas aussagen. Aber ich gebe Ihnen meinen Namen nicht an.«

»Was möchten Sie mitteilen?« fragte Kellermann.

»Ich wollte eigentlich nicht anrufen, ich will keine Scherereien.«

»Die bekommen Sie auch nicht«, sagte Kellermann schnell. »Es bleibt alles vertraulich, wenn Sie es wünschen.«

»Doch, doch«, sagte der Unbekannte, »ich weiß schon . . .«

»Was möchten Sie aussagen?« drängte Kellermann.

»Ich habe das Mädchen gesehen, das in der Zeitung war.«

»Wann war das?«

»Am siebenundzwanzigsten August.«

»Wo haben Sie sie gesehen?«

»Sie kennen doch die Turnhalle in der Südstadt?«

»Ja.«

»Dahinter liegt so 'n Wäldchen. Da stand 'n Shiguli. Das Mädchen kam gerannt. Ohne Schirm. Sie stieg in den Shiguli, und der fuhr ab.«

»Gleich?«

»Nein, er hat noch kurz gestanden.«

»Haben Sie das Kennzeichen erkannt?«

»Nein, nich die Zahlen. Es war aber unser Bezirk.«

»Wann ist das gewesen?«

»Kurz nach zwölf.«

»Welche Farbe hatte der Wagen?«

»Grün. Dunkelgrün.«

»Sie sind am Auto vorbeigegangen?«

»Darüber will ich nich reden. Privatsache.«

»Kann ich zu Ihnen kommen?« fragte Kellermann. »Oder kommen Sie zu uns?«

»Ich hab' alles gesagt.«

»Legen Sie bitte noch nicht auf«, sagte Kellermann.

»Sie woll'n wohl mein' Standort feststell'n?« fragte der Unbekannte, und seine Stimme klang verärgert.

»Um Himmels willen«, sagte Kellermann schnell. »Nichts werden wir tun! Bleiben Sie noch dran. Bitte!«

»Ich will aber nichts mit der Polizei zu tun ham.«

»Keiner erfährt etwas«, sagte Kellermann hastig.

»Quatsch.«

»Ist Ihnen etwas aufgefallen an dem Fahrzeug?«

»Das ging zu schnell. Ich wollt' Ihn' das nur sagen, weil Sie das Mädchen such'n. Vielleicht hilft's. Meine Tochter is auch mal durchgebrannt. Irgend so 'n Schweinehund nutzt das noch aus. Und man geht nich zur Polizei, weil man sich schämt. Die Jör'n mach'n, was sie woll'n. Nich arbeiten, nur die Disko im Kopf und Kerle. Und so ein Schweinehund kutscht mit ihnen rum und treibt's mit ihnen in seim Auto. In der Arbeitszeit. Unsereiner fährt so ein's nicht. Schweinehunde . . . Gammeln, viel Geld krieg'n. Weiber . . . Die Hammelbeine langziehn. Ihm und ihr.«

Der Mann steigerte sich in eine Wut hinein.

Kellermann spürte sein Herz immer heftiger schlagen. Er prägte sich jedes Wort ein, er hoffte auf eine Äußerung des Unbekannten, die es ermöglichte, ihn zu ermitteln, damit er ihnen durch noch genauere Angaben besser helfen konnte.

Aber der Unbekannte legte plötzlich auf.

Kellermann blickte noch immer auf das Telefon, als erwartete er, daß sich der Anruf wiederholen würde.

Doch das Telefon surrte nicht.

Kellermann rieb die Knöchel der rechten Hand unter seinem Kinn, und er dachte an die Handschuhe. Dann schickte er Fichtel zu Staatsanwalt Lehmann. Die Untersuchung des Autos von Schaaf mußte sofort erfolgen. Irgendwo in diesem Auto mußte, wenn Schaaf der Täter war, die Spur wieder auftauchen, die sie im Zimmer Marie Amplers gefunden hatten. Gleichzeitig waren die Schreibmaschinen in seiner Wohnung und in seinem Büro zu überprüfen.

Da saß sie vor ihm, Rita aus der Klasse Marie Amplers, die einzige, mit der sie einen näheren Kontakt gehabt haben sollte nach Meinung der Lehrer und Schüler. Das Mädchen Rita mit dem Kupferhaar, das ihr über die Schultern fiel, sah Kellermann erwartungsvoll ins Gesicht.

»Meine Freundin? Nein, das ist sie eigentlich nicht gewesen!«

»Ich hatte gehört . . .«, begann Kellermann.

»Wir haben nur Schularbeiten zusammen gemacht. Auch mal Platten gehört. Persönliches hat die Marie selten erzählt. Wir haben alle gedacht, daß sie ein wenig gestört ist. Na ja, sie hat an ihrer Mutter sehr gehangen, und dann kriegte sie so eine junge Stiefmutter, die nichts für sie übrig hatte. Sie war eine Einzelgängerin, die Marie. Ehrlich.«

»Hatte Sie keinen Freund?«

»Also aus unserer Schule nicht.«

»Sie wissen nichts?«

Rita überlegte, wobei sie Kellermann ungeniert musterte.

»Na ja . . . Wissen Sie, die Marie hat auf einen Märchenprinzen gewartet. Die ganz große Liebe sollte es sein. So eine wie im Film. Nur das wollte sie. Die war ja auch komisch. Mal war sie kalt, da dachte man, die erschüttert nichts, und dann wieder ganz sentimental. Wenn ich nur an das Gedicht in ihrem Zimmer denke . . .«

»Marie A.?« warf Kellermann ein.

»Ja. Da konnten ihr die Tränen kommen. Das Blatt war so ein richtiges Heiligtum für sie. Einmal sagte sie mir: Du wirst staunen, wen ich mal heirate. Da wird die ganze Stadt drüber reden. Alle. Doch es würde noch dauern, weil es Probleme gäbe. Aber eine tiefe Liebe überstehe alles. Also, das war mir zu geschraubt.«

»Und Sie wissen nichts über diesen Mann?«

»Die Marie hat mal mit jemand telefoniert. Den Namen weiß ich nicht. Ich stand nur draußen vor der Telefonzelle. Das muß der Freund gewesen sein.«

»Was hat sie gesagt? Wie hat sie ihn angeredet?«

»Gar nicht. Hallo, hat sie nur gesagt. Bleibt es bei heute? Dann ist sie ein bißchen spitz geworden und hat gemeint, ob er nicht bei seiner Frau eine Ausrede habe wie neulich, denn ihre Tante sei heute bei der Schwester und bleibe die ganze Nacht weg. Na ja, da habe ich begriffen, daß es ein verheirateter Mann war.«

»Haben Sie Marie mal nach ihm gefragt?«

»Ja.«

»Und?«

»Das ist meine Sache, hat sie geantwortet. Richtig wütend. Sonst hat sie nichts gesagt.«

Das Mädchen schüttelte den Kopf, ehe sie weitersprach.

»Sie war in unserer Klasse, war aber auch nicht in ihr. Sie war irgendwie komisch. Und in unseren Hausaufgabenzirkel ist sie auch nur wegen Mathe gekommen. Wir dachten sogar, sie wollte die Schule wechseln.«

»Hatte sie das gesagt?«

»Nein, aber . . .«

»Und keiner hat sie mit dem Mann gesehen?«

»Nein, wirklich. Davon haben auch nur Sylke, Marlies

und ich etwas gewußt. Ich habe nie einen verschlosseneren Menschen gesehen. Marlies sagte immer: Die Marie ist ein Fall für den Psychator. Einen so alten Kerl – und dann noch einen verheirateten Mann als Freund nehmen! Dabei hätte sie Jungs kriegen können, verschiedene sogar. Sie hat alle abblitzen lassen.«

Plötzlich überlegte sie, schwieg.

»Warten Sie mal . . . Einmal, wir haben gerade Mathe gemacht, da ist sie eher gegangen. Ich werde abgeholt, hat sie gesagt. Sylke und ich wollten zum Fenster, aber sie hat abgewinkt und gemeint, das Auto würde in der Nebenstraße stehen. Wir kriegten sowieso nichts raus. Das war alles.«

»Was war das für ein Auto?«

»Ich sagte Ihnen doch. Wir kennen es nicht. Sie können alle fragen in meiner Klasse. Aber ich weiß über Marie vielleicht noch das meiste. Ehrlich . . . Wissen Sie, ich habe sie mal in einem Shiguli gesehen, abends. Sie hat es aber abgestritten. Nun weiß ich nicht, ob sie es war.«

»Die Farbe des Autos?«

»Ein dunkles Grün.«

»Der Tag?«

»Das weiß ich nicht mehr.«

»Danke«, sagte Kellermann.

Das Mädchen blickte erstaunt.

»Das reicht Ihnen?«

»Es muß ja«, antwortete Kellermann. »Sie sind die Quelle, die versiegt.«

»Das ist schön gesagt.« Das Mädchen lachte hell auf. »Ich wußte nicht, daß Kriminalisten so poetisch sind.«

Aber ihre Miene verdunkelte sich sofort, als sie sah, daß Kellermann ihr Lachen nicht erwiderte.

10 Sechs Verdächtige

Kellermann war nicht in die Kantine zum Essen gegangen, weil er keinen Hunger verspürte, sondern eine beinahe völlige Appetitlosigkeit.

Er saß an seinem Schreibtisch und blickte auf den Stadtplan. Da war die Turnhalle, und von ihr bis zur Bibliothek brauchte man zu Fuß nur fünf Minuten. Hinter der Turnhalle begann der Wald, und von ihr bis zum Teufelsauge waren es mit dem Fahrzeug nur Minuten, wenn man den Tümpel kannte.

Fichtel betrat das Zimmer. Er wußte noch nichts von dem anonymen Anruf, der die Aussage der Karin Groß erhärtete und die der Klassenkameradin Rita.

Kellermann blickte auf die Liste, die Fichtel neben das Foto der Toten legte und auf der sechs Namen, Anschriften und polizeiliche Kennzeichen standen.

»Wenn wir davon ausgehen, Fritz, daß es ein Mann in einem dunkelgrünen Shiguli ist, der von Marie Ampler bis zu seiner Wohnung fünfzehn Minuten braucht, dann gibt es sechsmal eine Sonderspur.«

»Es sind sechs?«

»Mit Schaaf?«

»Ja. Und wir gehen von der Farbe aus, nicht von der offiziellen Typenbezeichnung, da die Unterschied den wenigsten bekannt sind.«

Fichtel nickte.

Kellermann berichtete ihm von dem anonymen Anruf.

Fichtel rieb sich das Kinn.

»Wir holen erst einmal die anderen fünf«, sagte Kellermann. »Es ist in ihrer Arbeitszeit passiert, also werden sie ein Alibi für diese eine Stunde erbringen können. Und wenn wir einen finden, der es nicht kann, gibt es neben Schaaf die zweite Spur, und ehe der Mann aus der Mongolei zurückkommt, können wir schon den Täter haben. Ist das Alibi nicht sicher, behalten wir die Autos gleich da. Durch die Untersuchungen schlagen wir drei Fliegen mit einer Klappe: Wir können auf Spuren der Handschuhe stoßen, auf die Handschuhe selbst oder auf Spuren, die die Anwesenheit Marie Amplers in einem Auto beweisen. Wer unschuldig ist, wird zustimmen, daß wir sein Auto untersuchen.«

»Mit Schaaf wäre es uns wohl auch zu leicht gemacht worden«, sagte Fichtel.

Kellermann las die Namen.

»Wer weiß«, sagte er, »einer von uns muß auf dem Flugplatz sein.«

Ganz oben auf der Liste stand Schaaf. Kellermann streifte Fichtel mit einem Blick, ehe er weiterlas.

»Einen auf der Liste haben wir in Untersuchungshaft, den Ruprecht«, sagte Fichtel.

»Dann fällt er raus?«

»Nein. Erst zwei Tage nach dem Mordtag wurde er verhaftet. Eigentumsdelikt. Ich hab' hier die Akte gleich besorgt.«

»Hervorragend«, sagte Kellermann.

Fichtel verließ den Raum.

Kellermann las Namen für Namen.

Die Männer wohnten über die ganze Stadt verstreut, aber doch so, daß sie es alle in fünfzehn Minuten schaffen konnten, von ihrer Wohnung zum Zimmer der Marie

Ampler zu gelangen. Sie waren zwischen 38 und 43 Jahre alt!

- Schaaf, Alter 43, stellvertretender Leiter des Autohauses des VEB Ifa-Vertrieb
- Windig, Alter 41, Kellner in der »Weintraube«
- Zechendorf, Alter 42, Lehrer an der »Walter-Barth«-Oberschule und ab 1. September stellvertretender Direktor an der »Rolf-Axen«-Oberschule
- König, Alter 39, Dumperfahrer beim VEB Baukombinat
- Ruprecht, Alter 43, Aufkäufer des Volkseigenen Großhandelsbetriebes Obst, Gemüse und Speisekartoffeln
- Menzel, Alter 38, Lager- und Transportarbeiter beim VEB »Erotex«.

Er erhob sich und ging zu Staatsanwalt Lehmann.

Zechendorf . . .

Natürlich kannte er Zechendorf!

Kellermann stützte die Ellbogen auf die Schreibtischplatte, lehnte die Stirn gegen die Handflächen und schloß die Augen. In seiner Garagengemeinschaft besaß er eine Garage im gleichen Gang. Er konnte sich genau erinnern an diesen Tag und das Gesicht des Mannes, denn er vergaß nie ein Gesicht, das er einmal gesehen hatte. Es war an einem Abend im Oktober gewesen und schon dunkel, als er an seinem Auto reparierte und dann bemerkte, daß ihm Isolierband fehlte. In einer anderen Garage aber brannte noch Licht . . .

Er ging dem Licht entgegen und der Musik, die wohl aus einem Autoradio kommen mußte.

»Guten Abend«, sagte er, als er den hochgewachsenen Mann sah, diesen dunklen Typ, den man für einen Italiener halten konnte.

»Zechendorf«, stellte sich der Mann vor.

»Kellermann«, antwortete Kellermann.

»Haben Sie zufällig Isolierband?« fragte er dann.

Der Mann nickte.

Er kramte in einer Kiste und hielt dann eine Rolle Isolierband hoch.

»Bitte«, sagte er. »Sie dürfen mein Auto nicht so genau ansehen. Ich putze nicht gern. Und innen erst recht nicht.«

Kellermann lächelte.

»Bringen Sie die Rolle bitte zurück«, sagte Zechendorf.

»Danke«, sagte Kellermann. »Ich komme nachher vorbei.«

»Morgen«, antwortete Zechendorf. »Ich bin gleich fertig und muß weg.«

»Morgen bin ich nicht in der Garage«, erwiderte Kellermann. »Da habe ich das Auto vor dem Haus stehen.«

Zechendorf winkte ab.

»Ich brauch' vielleicht auch mal von Ihnen etwas. Behalten Sie die Rolle.«

»Danke«, sagte Kellermann.

Das also war Zechendorf gewesen.

Die anderen Männer außer Schaaf und Zechendorf kannte er nicht, aber er würde sie bald kennenlernen, jeden einzelnen. Kellermann erschrak, weil die Tür aufgerissen wurde.

»Du wolltest die Akte Ruprecht?« fragte Fichtel.

»Danke«, sagte Kellermann.

Ruprecht ...

Kellermann sah die Akte ein, den Stand der Ermittlung.

Ruprecht ...

Der nun geständige Ruprecht ...

Lagerist, Lagerleiter und dann Aufkäufer für Obst und Gemüse und Speisekartoffeln beim Betriebsteil I des volkseigenen Großhandelsbetriebes, dort tätig von Mai bis Oktober, wenn in den Gärten geerntet wird, auch sonnabends, sonntags, wenn die Kleingärtner mit Körben oder Handwagen kommen, um ihre Angebote zu machen.

Ruprecht – Besitzer eines Shiguli, eines grünen, eines Bungalows, eines Kontos in Höhe von fünfzigtausend Mark, einer Wohnung mit einer teuren, sehr teuren Einrichtung. Die Frau besaß sogar einen Nerz.

Der Lebensstandard eines Aufkäufers?

Kellermann las sich fest, las die Vernehmungsprotokolle, las, wie man Reichtum erwarb, immer wieder überrascht, wie einfach es war, wenn die Aufsicht fehlte und die Menschen nicht wachsam waren oder gleichgültig.

Ruprecht ging täglich zur Bank, hob einen Bargeldbetrag ab, damit er die Produkte seiner Kunden sofort bezahlen konnte. In der Hauptsaison waren das zwanzigtausend Mark. Die Kleingärtner bekamen eine Quittung und zeichneten sie gegen. Was sie brachten, also die Mengen und die Sorten sowie die Beträge, die sie dafür erhielten, vermerkte Ruprecht in seinem Eingangsbuch. Mit Lastkraftwagen gelangten die Körbe, die Stiegen, die Kisten an jedem Abend weiter, in das Lager des Großhandelsbetriebes oder direkt an Großabnehmer, an Küchen, an Kaufhallen, an Gemüsegeschäfte. Ruprecht schrieb, wie es die Vorschrift besagte, einen sogenannten Umlagerungsschein aus, den auch der Fahrer mit seinem Namen versah. Am Lager mußte überprüft werden, ob Menge, Sorte und Qualität den Angaben des Umlagerungsscheines entsprachen.

»Hier begann es«, sagte Ruprecht aus.

»Wieso?« fragte der Vernehmer.

»Ich bemerkte bald, daß LKW-Fahrer mir Kirschen oder Erdbeeren anboten, die von der Oma stammen sollten oder von Nachbarn. Aber es war anders. Sie waren von den Mengen abgezweigt worden, die die Fahrer bei anderen Aufkäufern schon abgeholt hatten. Die Fahrer gaben das offen zu. Mein Vorgänger habe es auch so gemacht. Ein paar Kilo mehr auf dem Umlagerungsschein notiert – keiner merke das. Das Geld werde geteilt.«

»Erläutern Sie, wie sie es taten«, sagte der Vernehmer.

»Ein Kraftfahrer lud dreißig Körbe Erdbeeren auf, obwohl er genau wußte, daß auf seinem Umlagerungsschein fünfzig standen. Für die fehlenden zwanzig Körbe erfand ich Kunden und unterschrieb deren Namen auf der Quittung. Das Geld konnte ich nun aus der Kasse nehmen.«

Kellermann blätterte weiter in der Akte.

Das Motiv für die Geldgier?

»Es war für mich ein gewisser Nervenkitzel«, las Kellermann, »dieses Spiel mit dem Feuer.«

Und dann kam eine Stelle im Protokoll, wo Kellermann noch aufmerksamer wurde, wo sich alles in ihm zusammenzuziehen schien, als wäre er eine Feder, die bald losschnellen wollte.

»Es gab Frauen«, sagte der Vernehmer, »für die Sie Geld brauchten. War es viel Geld?«

»Ich war sehr großzügig.«

»Sehr großzügig?« fragte der Vernehmer. »In welcher Form?«

»Ich konnte ihnen jeden Wunsch erfüllen. Ich hatte feste Verhältnisse. Nicht, daß Sie denken . . .«

»Sie gaben sich als Direktor aus. Einer jungen Frau haben Sie erzählt, Sie hätten eine Erbschaft gemacht und wollten ein neues Leben beginnen, wenn Sie nach der Scheidung wieder frei wären. Mit ihr.«

»Daran kann ich mich nicht erinnern.«

»Sie sagten auch zu der Frau, Sie würden alles für sie tun.«

»Davon weiß ich nichts.«

»Haben Sie wirklich an eine Scheidung gedacht?«

»Das wäre nicht recht gewesen nach einer so langen

Ehe. Ich habe mir deshalb Frauen gesucht, die nicht hier wohnten, ich meine, in unserer Stadt. Ich wollte meinen Ruf wahren.«

Kellermann schloß die Akte wieder, nachdem er noch einige weitere Passagen des Vernehmungsprotokolls gelesen hatte. Die letzte dieser Freundinnen wollte Ruprecht nicht angeben? Warum ließ er die eine aus, wenn er alle anderen angab?

11 Zechendorf und König

Noch ehe Zechendorf – den Fichtel geholt hatte – den Raum betrat, aber schon, als die Tür geöffnet wurde, dachte Kellermann blitzartig noch einmal an vier wichtige Fragen, die sie sich stellen mußten bei jedem der sechs Männer, wenn sich im Hinblick auf das Alibi auch nur die geringste Unsicherheit ergeben würde.

Die erste: Hätte der Mann der Oberschülerin Marie überhaupt gefallen können?

Die zweite: Was wäre mit dem Mann geschehen, wenn seine Ehefrau von dem Verhältnis und dem Kind erfahren hätte?

Die dritte: Was wäre geschehen, wenn das Mädchen mit dem Wissen über mögliche Betrügereien des Mannes gedroht und eine Lösung seiner Ehe gefordert hätte?

Die vierte: Konnte es eine Beziehung geben zu dem Mann, der vor ihnen saß, und dem Gedicht in Marie Amplers Zimmer?

Vordergründig würde der Mörder nicht zu entlarven sein. Das wußte Kellermann.

»Bitte nehmen Sie doch Platz, Herr Zechendorf«, sagte Kellermann und nahm die Erscheinung des Mannes in allen Einzelheiten wahr. Ein gut aussehender Mann, registrierte er, schlank, groß, sportlicher Typ, eine Lederjacke mit Brusttaschen, ein Hemd aus dem Exquisit, auch die Hose. Im Wohngebiet, dachte er noch, galt Zechendorf als arrogant und als Streber.

»Wir müssen Ihnen ein paar Fragen stellen, Herr Zechendorf«, begann Kellermann. »Sind Sie einverstanden, wenn das Tonband läuft?«

Zechendorf nickte freundlich. Er blickte von Kellermann zu Fichtel.

»Besteht gegen mich eine Anzeige? Sie holen mich vom Unterricht weg.«

»Nein, nein«, wehrte Kellermann ab. »Eine reine Routinebefragung, Herr Zechendorf.«

»Kennen Sie dieses Mädchen?« fragte er und hielt das Foto Marie Amplers hoch.

Die erste Frage von den vier Fragen wäre mit »ja« zu beantworten, dachte Kellermann, auch die vierte, aber ehe ich an die beiden anderen denke, muß das Alibi geklärt sein.

Zechendorf blickte auf das Foto, dann hob er die Schultern.

»Kennen Sie es?« wiederholte Kellermann seine Frage.

»Ich wüßte nicht, woher«, antwortete Zechendorf nachdenklich.

Dann lächelte er entschuldigend.

»Nein, wirklich nicht. Tut mir leid.«

»Sie wären ab ersten September ihr Direktor gewesen«, begann Kellermann erneut.

»In meiner Schule?«

»In Ihrer neuen, Herr Zechendorf.«

»In der kenne ich die Schüler noch nicht.«

»Den siebenundzwanzigsten August, Herr Zechendorf«, fragte Kellermann, »wo und wie haben Sie den verbracht?«

»Den siebenundzwanzigsten August?«

Zechendorf überlegte. »Ist das so wichtig?«
Kellermann nickte.

»Am siebenundzwanzigsten August . . . ach ja. Da war die Beratung in . . .« Er nannte die Stadt und die Schule. »Ich vertrat meinen neuen Direktor. Es ging nicht anders. Üblich ist so etwas nicht.«

»Wann endete die Beratung?«

»Um elf.«

Dann hat er ein Alibi, dachte Kellermann. Bis zwölf hätte er nicht hier sein können. Selbst mit dem Auto wäre das unmöglich gewesen. Da hätte die Fernverkehrsstraße leer sein müssen. Und selbst dann . . . Wenn die Zeit bestätigt wird, sieht es für ihn günstig aus.

»Waren Sie mit dem Auto unterwegs?« fragte Kellermann.

»Nein, mit dem Zug.«

»Wann fuhren Sie zurück?«

»Der Zug fuhr erst um dreizehn Uhr dreißig.«

»Was haben Sie da getan?«

»Ich habe in der Mitropa gegessen und bin dann in der Stadt rumgelaufen.«

»Haben Sie jemanden im Zug getroffen?«

»Nicht daß ich wüßte . . . Aber gesehen hat mich sicher jemand.«

»Haben Sie jemanden auf dem Bahnhof getroffen, als Sie hier ankamen, oder vor dem Bahnhof?«

»Ich kann Ihnen da nichts sagen«, antwortete Zechendorf. »Ich weiß es nicht.«

»Was taten Sie dann?«

»Ich kaufte ein paar Zeitschriften und ging zur Straßenbahnhaltestelle.«

»Kennen Sie den Verkäufer oder die Verkäuferin?«

»Ja. Der Sohn des Mannes ging in meine alte Schule.«

»Dann kennt Sie der Mann auch?«

Zechendorf nickte. »Und ob.«

Kellermann nickte Fichtel zu.

»Wenn Sie warten wollen, Herr Zechendorf«, sagte Kellermann, der kurz zu Fichtel blickte, der sich erhob und das Zimmer verließ, »können Sie das Protokoll gleich unterschreiben. Sie sparen sich einen Weg.«

»Aber gern«, erwiderte Zechendorf.

Kellermann dachte an Fichtel, der nun zu dem Zeitungskiosk fuhr und vom Bahnhof aus anrufen würde.

Als Zechendorf im Nebenzimmer saß, diktierte Kellermann das Protokoll.

Da hörte er das Telefon.

»Ja?« fragte Kellermann.

Es war Fichtel.

»Es stimmt, Fritz. Er hat einen Stoß Zeitschriften gekauft. Der Mann kann sich erinnern.«

Aber die Zeitangabe mußte noch genau erfolgen.

Er diktierte das Protokoll, und Fichtel fuhr zu König, dann ließ er Zechendorf wieder rufen, damit er unterschreiben konnte.

»Ist das alles?« fragte Zechendorf, als er den Kuli zurück auf den Schreibtisch legte.

Kellermann nickte, aber er dachte schon an die nächste Vernehmung.

Er dachte an König . . .

König betrat den Raum, bekleidet mit einer verschmutzten Kombi. Eine Ölspur überzog sein Gesicht.

König . . .

Die erste der vier Fragen, dachte Kellermann, ist zu verneinen auf den ersten Blick. Doch er mußte sich König, gekleidet wie Zechendorf, vorstellen. So etwa. Dann sah er anders aus, dieser Mann.

König in besserer Kleidung, König mit seiner athletischen Figur, den angegrauten Haaren und den braunen Augen, die Frauen ja wohl sehr mögen. Wenn da ein anderer, ein gepflegter König sitzen würde, von dem man wußte, daß er ein Klinkerhaus besaß an einem See in Mecklenburg und ein Kajütboot, wäre der nicht sogar eine Herausforderung für ein junges Mädchen?

»Nehmen Sie doch Platz, Herr König«, sagte Kellermann.

»Danke«, sagte König.

Sein Gesicht war ernst.

»Wir haben ein paar Fragen an Sie«, begann Kellermann die Vernehmung.

Dieser Mann und das Mädchen? dachte er noch einmal. Wäre das möglich? Aber alles war möglich. Und auch die sexuelle Seite durfte man nicht außer acht lassen. Sie konnte eine wichtige Rolle spielen bei einem Verhältnis, eine entscheidende. Die sexuelle Hörigkeit war es, die zu manchem Verbrechen trieb.

»Kennen Sie dieses Mädchen, Herr König?«

König blickte auf das Foto.

»Kennen Sie es?« fragte Fichtel vom Fenster aus.

König hob die Schultern und ließ sie wieder fallen. Aber er überlegte noch.

»Sie holen mich vom Dumper weg«, knurrte er.

Es ist eigenartig, dachte Kellermann, aber auch die vierte Frage könnte man mit »ja« beantworten, denn dieser Mann, der vor uns sitzt, gehört einem Zirkel schreibender Arbeiter an, er hat eine Beziehung zur Literatur. Zwei Fragen könnte man mit »ja« beantworten.

Und die zweite? Was wäre also aus diesem König und seiner Ehe geworden, wenn Marie ein Kind von ihm bekommen hätte?

Immerhin, das wissen wir schon, soll die Frau Königs ein Verhältnis haben. Was wäre geschehen bei einer Scheidung? Er verlöre das Klinkerhaus und das Kajütboot, denn sie gehörten seiner Frau.

Aber ein Mordmotiv? Die Frau könnte auf der Scheidung bestehen, ja, nur einen Grund für sie gesucht haben ...

König runzelte noch immer die Stirn und fuhr sich mit der Hand durch das Haar.

Und die Frage drei, dachte Kellermann. Gab es irgend etwas, womit das Mädchen König erpressen konnte? War König etwa an Schwarzfuhren beteiligt? In seinem Betrieb waren schon einmal Schwarzfuhren aufgedeckt und einige Kollegen bestraft worden. Aber König sollte ein guter Arbeiter sein, einer mit vielen Auszeichnungen. Die Furcht vor der Erpressung als Mordmotiv erschien Kellermann wenig wahrscheinlich. Jeder kannte die Strafe für einen Mord, auch König. Jeder kannte das Risiko.

»Die war in der Zeitung«, stieß König zwischen den Zähnen hervor.

»Ganz recht«, bestätigte Fichtel.

»Nur daher kennen Sie sie?« fragte Kellermann.

»Woher sonst?« erwiderte König.

Seine Hände, dachte Kellermann, sind kräftige Hände. Aber jetzt irren sie über seine Oberschenkel und über die Knie. Ergaben die Fragen zwei und drei das Mordmotiv? Hatte er sich in die Enge getrieben gesehen, dieser König, daß ihm als einziger Ausweg der Mord blieb?

König atmete schwer.

Dann blickte er auf die Uhr.

»Wir überprüfen eine Zeugenaussage«, warf Fichtel ein. »Das Mädchen ist mit einem Mann in einem grünen Shiguli gesehen worden.«

»Etwa in meinem?«

König hob die Stimme. Er blickte finster, und eine Falte halbierte seine Stirn. Kellermann dachte: Hat er Angst, oder ist er ehrlich empört? Beides ist möglich.

»Ich muß wieder auf meinen Dumper«, brummte König. »Wir haben einen harten Monatsplan.«

Kellermann winkte beschwichtigend ab.

»Von wann bis wann geht Ihre Arbeitszeit?«

»Normalschicht. Von sechs Uhr fünfundvierzig bis sechzehn Uhr fünfzehn.«

»Schildern Sie uns bitte Ihren Tagesablauf am siebenundzwanzigsten August.«

»Das ist jeden Tag der gleiche Ablauf. Ich sitze um Viertel vor sieben auf dem Dumper, belade ihn, fahre zur Baustelle, entlade, fahre zurück, belade. So geht das weiter.«

»Wie lange dauert eine Fuhre?«

»Eine Stunde und zehn Minuten. Das ist die Norm. Dann mache ich noch Frühstück gegen Viertel nach neun und gegen zwölf Uhr Mittag.«

Kellermann überschlug die Zeiten im Kopf. Wenn er sieben Fuhren gemacht hatte, wäre ihm keine Zeit geblieben. Nur die Minuten der Mittagszeit und die er eingespart haben konnte bei jeder Fuhre.

»Haben Sie mit jemandem zusammen Mittag gegessen?«

»Nein. Ich hab' nur schnell gegessen und dann auf dem Sitz geschlafen.«

König rieb sich das Kinn.

Unsicher wird er, dieser König, dachte Kellermann. Wenn nun seine Frau wirklich eine Trennung gefordert hätte, da das Verhältnis bekannt geworden wäre zwischen ihm und Marie?

Ist er unschuldig, und wir versetzen ihn in Schrecken? Ist er schuldig? Aber es geht um ein eindeutiges Alibi.

Königs Augen wanderten von Kellermann zu Fichtel.

Kellermann sah, daß Königs Finger, die auf seinen Knien lagen, sich öffneten und schlossen. Kräftige Hände besaß er, dieser König, sehr kräftige. Er war bleich geworden.

Kellermann versuchte sich zu erinnern, wie die Gesichtsfarbe des Mannes gewesen war, als er diesen Raum betreten hatte. Aber so bleich war sie nicht gewesen. Auf keinen Fall.

»Die Fuhren werden registriert?«

Ja.«

»Und wenn man mal eine Tour aussetzt?«

König schüttelt den Kopf. »Wir haben unsere Norm. Die sieben Fuhren müssen wir schaffen.«

Er ist bleich vor Wut oder vor Angst, dachte Kellermann.

»Was soll ich noch sagen«, begann König wieder. »Ich fuhr den Dumper. So wie immer.«

»Es gab Schwarzfuhren bei Ihnen, und trotzdem schafften diese Kollegen die Norm?«

König hatte sich erhoben. »Ich mache keine Schwarzfuhren! Nie!«

Beschwichtigend hob Kellermann die Hände. Wir müssen noch mehr wissen über diesen Mann, dachte er. Die Bestätigung eines Dispatchers kann nicht reichen.

Kellermann rieb sich mit den Knöcheln der rechten Hand das Kinn. Wenn König unschuldig ist, bereiten wir ihm jetzt eine schwere Stunde und lassen ihn tagelang grübeln.

Fichtel erhob sich, um in den Nebenraum zu gehen und mit Königs Dispatcher zu telefonieren. Nicht den Bruchteil einer Sekunde wandte Kellermann seine Augen von Königs Gesicht.

Die peinliche Stille, die entstanden war, wurde von Kellermann gebrochen.

»Sie lesen gern, Herr König?«

König nickte. Aber er begriff wohl nicht, was Kellermann mit dieser Frage bezweckte.

»Ja«, antwortete König rauh.

»Auch Brecht?«

König nickte wieder.

»Er hat nicht nur Dramen geschrieben, sondern auch Gedichte«, sagte Kellermann und ergänzte sehr schnell: »Die Marie A. zum Beispiel.«

König mustert mich verblüfft, überlegte Kellermann. War es wegen der letzten Worte? Bilde ich mir das kurze Flackern in seinen Augen ein? Habe ich schon Halluzinationen?

Er blickte rasch zu Fichtel auf, als der den Raum betrat. Aber Fichtel legte schweigend einen kleinen Zettel auf die Schreibtischplatte: »Der Dispatcher bestätigt die Fuhren.«

Das wird nicht reichen, dachte Kellermann. Wir müssen zwei oder auch drei Zeugen haben, die Königs Alibi bestätigen, die ihn gesehen haben.

»Wir müssen Ihren Wagen untersuchen, Herr König«, sagte er. »Bitte stimmen Sie zu. Und wir möchten auch einen Blick auf Ihre Schreibmaschine werfen.« König saß mit offenem Mund.

Das Baukombinat, dachte Kellermann, besuche ich selbst und auch die Schulen, Zechendorfs alte und die neue.

»Sie überwachen die Fuhren der Dumper?« fragte Kellermann und blickte den Mann an, der Schneider hieß und der in Gegenwart Kellermanns vom Parteisekretär angerufen worden war. Dieser hatte Schneider als sehr zuverlässig und als verschwiegen bezeichnet.

»Ja«, antwortete der Dispatcher auf Kellermanns Frage.

»Wie tun Sie das?«

»Ich mache hinter den Namen einen Strich.«

Kellermann runzelte die Stirn.

»Dann haben Sie keine zeitliche Übersicht über die Fuhren?«

»Es reichen mir die Striche. Es müssen sieben sein in einer Schicht. Das ist die Norm bei diesem Projekt.«

Kellermann rieb sich das Kinn.
»Und zeitlich ist da keine Fuhre mehr drin?«
Schneider schwieg und kaute an den Knöcheln seiner rechten Hand.
»Also, wenn Sie so fragen. Aber schließlich sind Pausen eingerechnet, da . . .«
»Man könnte«, sagte Kellermann, »also mal eine Stunde herauswirtschaften, wenn man die anderen Fuhren sehr schnell fährt?«
Schneider kaute noch immer an den Knöcheln.
»Na ja, theoretisch würde das gehen.«
»Zeigen Sie mir bitte die Liste vom siebenundzwanzigsten August«, sagte Kellermann weiter.
Schneider unterbrach seine kauende Tätigkeit und blätterte in einem Ordner.
»Hier«, sagte er dann.
Kellermann suchte den Namen Königs, und er sah sieben Striche.
Sieben . . .
Aber die sieben waren kein Alibi.
Die nächste Station war Burghardt, Dumperfahrer und Parteileitungsmitglied.
Sie saßen in der Kantine, Kellermann und er, ganz an ihrem Ende.
»König hat nie was mit Frauen«, sagte Burghardt. »Der nicht. Der hat seine Arbeit und sein Segelboot. Mehr ist da nicht drin. Dann hat er noch, na ja, diesen Zirkel . . .«
»Schreibender Arbeiter?«
»Ja, den. Wär' nichts für mich. Der ist ausgebucht. Und bei der Frau. Da könnte keiner mehr nebenbei . . . na ja, Sie wissen schon.«
»Sie kennen König gut?«
»Dreißig Jahre. Seit der Schulzeit. Liegt da was an?«

»Nein, nein«, antwortete Kellermann. »Es geht um ein Alibi. Sie fahren mit ihm in der gleichen Schicht?«

»Das nicht. Aber wir sind oft zusammen. Das ist eine ehrliche Haut. Können Sie glauben. Manchmal wie ein Bär. Aber der lügt Ihnen nicht ins Gesicht. Da stimmt jedes Wort.«

Kellermann schwieg.

»Wieviel Fuhren kann man machen in einer Schicht?«

»Sieben.«

»Vielleicht auch acht?«

»Na ja. Das halten Sie nicht eine Woche durch. Wir bleiben bei sieben. Das ist die Norm.«

»Ist König jähzornig?«

»Wenn man ihn reizt. Aber da muß er schon nicht mehr aus und ein wissen. Na ja, da langt er schon mal zu.« Burghardt kniff die Augen zusammen. »Hat er etwa einem Halbstarken ein Ding verpaßt?«

»Nein, nein«, entgegnete Kellermann. »Warum einem Halbstarken?«

Die mag er nicht besonders. Die haben ihm den Lack an seinem Shiguli versaut. Nach einem Fußballspiel. Bei so etwas dreht er schon mal durch.«

»Und mal so ein kleiner Seitensprung?«

»Nicht bei König! Das sagte ich doch schon. Da können Sie alle fragen, Erwin, ich meine: unser Parteisekretär, wird Ihnen das auch sagen. Eher geht Hilde mal fremd, seine Frau, aber das kann Gerede sein. Na, er liebt die Hilde auch so. Der hängt fest an der Angel. Zu fest, wenn Sie mich fragen.«

Kellermann erhob sich.

»Danke.«

Es war eine große und alte Schule, die Kellermann betrat. Die Treppe, die er hinaufstieg in den ersten Stock, um dann nach links abzubiegen, hatte breite hölzerne

Stufen und war frisch gebohnert. An den Wänden hingen Zeichnungen von Kindern. Kellermann sah Sputniks und Raumschiffe, blaue, grüne, gelbe.

Dann stand er vor der Tür mit der Aufschrift »Sekretariat« und trat nach kurzem Klopfen ein.

»Sie sind angemeldet?« fragte die Sekretärin, eine schlanke grauhaarige Frau, die einen Dutt trug und die Finger von der elektrischen Schreibmaschine hob.

Kellermann nickte.

»Kellermann«, stellte er sich vor.

»Ja«, erwiderte die Frau und erhob sich. »Bitte.« Sie öffnete die Tür, die in das Zimmer des Direktors führte.

Kellermann schloß die Tür hinter sich.

Ein kahlköpfiger kleiner Mann kam ihm entgegen und winkte ab, als Kellermann sich ausweisen wollte.

»Setzen Sie sich doch bitte.«

»Danke«, antwortete Kellermann und ließ sich in einen grünen Sessel fallen.

»Ein ganz ungewohnter Besuch«, bemerkte der Direktor.

»Es ist nur eine Routinebefragung«, begann Kellermann. »Es geht um Ihren Kollegen Zechendorf.«

»Er war mein Kollege . . .«

»Ich weiß«, sagte Kellermann. »Er ist an einer neuen Schule.«

»Ich habe ihn ungern gehen lassen«, sagte der Direktor. »Aber die Chancen sind an seiner neuen Schule günstiger, wissen Sie, und Zechendorf ist ein ehrgeiziger Mensch. Stellvertretender Direktor, na ja, und sicher auch bald mehr, wenn Genosse Dobermann aufsteigt. Man munkelt so etwas.«

Er musterte Kellermann, wobei er die Stirn runzelte.

»Aber was wollen Sie . . .«

»Es ist eine Lappalie«, sagte Kellermann. »Nur eine Kontrollfrage.«

»Ja, bitte?«

»Sie kennen ihn gut, den Kollegen Zechendorf?«

»Und ob!«

»Auch privat?«

»Das kann man sagen.«

»Seine Ehe läuft gut?«

»Ja. Das kann man sagen.«

»Hatte der Kollege Zechendorf einmal ein außereheliches Verhältnis? Mit einer Lehrerin oder, na ja, interessierte er sich für ein junges Mädchen?«

Der Direktor blickte verwundert.

»Also, da hat Ihnen einer etwas erzählt, was Unsinn ist. Das ist eine Verleumdung! Zechendorf ist ein Lehrer, der seinen Beruf ernst nimmt. Auch moralisch. Da gibt es nichts. Weder mit einer verheirateten Frau noch mit einer Schülerin . . . Das ist unmöglich.«

»Da sind Sie absolut sicher?« fragte Kellermann schnell.

Sein Gegenüber schwieg zwei Atemzüge lang.

»Er ist Frauen gegenüber zurückhaltend. Allgemein. Schon der Gedanke, daß er mit einer Schülerin . . . Das ist absurd! Ich kenne ihn zwanzig Jahre. Und ich kenne ihn gut.«

»Da sind Sie also ganz sicher?«

»Absolut! Zechendorf und eine Schülerin? Niemals!«

Der Direktor verzog das Gesicht. Man sah, daß er das Folgende ungern sagte. »Wir hatten mal eine Praktikantin. Die hat sich um ihn bemüht. Das war offensichtlich. Sie hätten sie für eine Schülerin gehalten. Na ja, was sage ich. Sie wissen, wie junge Frauen manchmal sind. Sie war sehr selbstbewußt. Aber – sie hat nichts erreicht. Und es war gut, daß ihr Praktikum beendet war, ehe ich einschreiten mußte. Aber ich hätte gar nicht einschreiten müssen. Nicht bei Zechendorf.«

Der Direktor an Zechendorfs neuer Schule war jünger, wesentlich jünger, sehr blond und trug die Haare kurzgeschnitten.

»Zechendorf?« sagte er. »Das ist ein guter Mann. Liegt etwas gegen ihn vor?«

»Nur eine Routinebefragung«, erwiderte Kellermann. »Es geht um den siebenundzwanzigsten August.«

»Da nahm er schon in meiner Vertretung an einer Beratung teil. Es mußte sein.«

»Das wissen wir. Und er war dort?«

Der Direktor hob die Brauen.

»Also bitte . . .«, sagte er gereizt.

Er griff zum Telefon.

»Frau Meier. Bitte den Ordner mit den Dienstaufträgen und den Ordner mit den Protokollen.«

Die Frau brachte die Ordner.

Der Direktor blätterte in einem und winkte Kellermann zu sich heran.

»Hier ist der Dienstauftrag. Hier ist die Fahrkarte. Und das«, fuhr der Mann fort und blätterte in dem anderen Ordner, »ist der Bericht über die Beratung.«

»Danke, danke«, sagte Kellermann. »Aber wir brauchen die genaue Zeit, wann die Beratung endete. Wir brauchen sie sehr genau.«

»Nichts leichter als das. Warten Sie. Nehmen Sie doch bitte wieder Platz.«

Der Mann schmunzelte.

»Unser Kollege Petzold ist ein Fanatiker der Gründlichkeit. Er notiert den Beginn und das Ende jeder Beratung.«

Er wählte minutenlang, aber bekam keine Verbindung.

Die Fahrkarte ist nicht gelocht, dachte Kellermann. Endgültig vom Verdacht befreien würde Zechendorf die Zeitangabe, wenn sie nicht vor elf Uhr lag. Dann konnte nur noch ein theoretischer Verdacht bestehen, dann sprach alles für die Unschuld Zechendorfs. Er lauschte den Worten des Direktors.

»Hallo, Heinz! Du, nur mal ganz kurz, die Erklärung folgt, wenn ich übermorgen komme: Wann endete die Beratung am siebenundzwanzigsten August? Aber genau. Auf die Minute.«

Jetzt! dachte Kellermann. Weicht die Zeit von der Angabe Zechendorfs ab, dann dreht sich auch für ihn das Karussell weiter.

»Elf Uhr eins«, sagte der Direktor. »Das ist gut, Heinz. Hatte Zechendorf vor der Schule geparkt? Ach, er war mit dem Zug. Na klar, muß ich doch auch wissen. Also dann, Heinz. Und Grüße an Hilde.«

Er legte auf.

Elf Uhr eins, dachte Kellermann. Das könnte er nicht geschafft haben. Eine Stunde? Eine Stunde und zwanzig Minuten hat Fichtel gebraucht für diese Strecke. Und Fichtel fährt gut und schnell.

Kellermann sah den Direktor an.

»Hätte Kollege Zechendorf Marie Ampler kennen können?«

»Sie haben sich ja nicht zu sehen bekommen. Als er an unserer Schule begann, war sie schon tot. Er wäre ihr Klassenlehrer geworden. Armes Mädchen. Brauchen Sie noch was?«

»Danke«, sagte Kellermann.

Er erhob sich.

12 Ruprecht

Ruprecht saß vor ihnen, der Häftling Ruprecht, ein schlanker großer Mann, an dem Kellermann nichts auffiel, was eine Marie Ampler angelockt haben konnte. Aber Frauen werteten einen Mann anders, das wußte er.

War es das faltige Gesicht, das den Mann interessant gemacht hatte? Er mußte ihn sich vorstellen, gekleidet wie Zechendorf.

Das Tonbandgerät war angeschlossen und Ruprecht zur Wahrheit ermahnt worden. Die Neonleuchte, in der das Mikrofon eingebaut war, hing über Ruprechts Kopf. Diese Form war günstig, weil kein Maschinengeklapper störte, und auch nicht das zu langsame Schreibtempo der Protokollantin.

Ruprecht begann, ohne gefragt zu sein.

»Ich habe alles ausgesagt. Alles. Ich habe nichts verschwiegen. Ich habe ein ehrliches Geständnis abgelegt.«

»Deswegen wollen wir Sie auch nicht vernehmen«, sagte Kellermann. »Kennen Sie eine Marie Ampler?«

Er hielt ein vergrößertes Foto Marie Amplers hoch.

Ruprecht kniff die Augen zusammen, seine Lippen öffneten sich.

Er sprach nicht, er schwieg und blickte von dem Bild zu Kellermann und dann zu Fichtel, der wieder am Fenster an der Wand lehnte.

Ist es Erschrecken oder Erstaunen, dachte Kellermann, noch ehe Ruprecht seine Frage stellte.

»Wer soll das Mädchen sein?«

»Marie Ampler«, sagte Fichtel. »Sie kennen sie nicht?«

»Ich?« Ruprecht schüttelte den Kopf. »Woher soll ich dieses Mädchen kennen?«

»Ich stelle die Fragen«, sagte Kellermann.

Ruprechts Mund schloß sich nicht. Er hob die Stimme, als er sprach. »Was wollen Sie mir da unterstellen?«

»Wir wollen Ihnen nichts unterstellen«, sagte Fichtel schnell. »Wir wollen nur einen Tatbestand klären.«

Fichtel nannte das Datum des Mordtages.

»Da waren Sie noch nicht in Untersuchungshaft«, ergänzte Kellermann. »Schildern Sie Ihren Tagesablauf.«

»Ich . . .«, stotterte Ruprecht. »Warten Sie, lassen Sie mich überlegen. Na, ich war in meinem Lager. Von früh um sieben an.«

»Den ganzen Tag? Auch zwischen zwölf und dreizehn Uhr?«

Kellermann und Fichtel sahen, wie sich auf Ruprechts Stirn kleine Schweißperlen zu bilden begannen.

»Wir können Ihnen bei Ihren Überlegungen helfen, Herr Ruprecht«, sagte Fichtel schnell. »Sie waren nicht an Ihrem Arbeitsplatz um diese Zeit. Wo waren Sie? Wenn Sie ein Alibi haben, das uns bestätigt wird, dann sind Sie uns los, uns beide.«

»Es geht um einen Mord«, ergänzte Kellermann.

Spielt er sein Erstaunen, dachte er. Er läßt sich viel Zeit mit seiner Antwort, dieser Ruprecht. Und Schweißperlen bilden sich auf seiner Stirn.

Aber sie können auch das Ergebnis der Wärme sein in diesem Raum.

»Warten Sie«, antwortete Ruprecht. »Natürlich. Daß ich nicht gleich darauf gekommen bin. Ich habe die vier Bohrmaschinen geholt.«

»Vier Bohrmaschinen?« fragte Kellermann erstaunt, der noch keine im Laden hatte liegen sehen, obwohl er sich seit Jahren um sie bemühte.

»Das war eine Gefälligkeit von Wangenstein.«

»Wangenstein?«

»Der Geschäftsleiter vom Heimwerkerbedarf. Dort bin ich gewesen, als er Mittag machte. Er kann sich gewiß erinnern, auch an die Zeit.«

Rita Havenstein betrat den Raum, sehr leise, und reichte Kellermann ein Protokoll.

»Danke«, sagte Kellermann und begann schnell zu lesen, denn wenn Rita bei einem Verhör störte, mußte es eine wichtige Nachricht sein.

»Befragung des Vorsitzenden der HGL Menzelstraße 15 (Parallelstraße zur Straße, in der Marie Ampler wohnte), Dieter K., Meister (folgen weitere Personalien):

»Einen Shiguli?
In unserer Straße fährt keiner einen.
Ach so, ein fremder. Warten Sie mal. Natürlich! Das war an dem Tag, wo der Dauerregen anfing. Ich seh' mal im Kalender nach! Der 27. August. Wissen Sie, ich komme zum Mittagessen immer nach Hause. Und dort, wo ich immer parke, stand ein Shiguli! Und dieser Regen. Ich habe auf der anderen Straßenseite parken müssen, weil Lehmann und Seidel ihre Autos schon stehen hatten! Na ja, und viel Zeit habe ich auch immer nicht. Man will das Essen ja nicht hinunterschlingen. Da zählte jede Minute.
Gesehen habe ich den Fahrer nicht. Nein.
Grün ist er gewesen. Dunkelgrün. Ja!
Die Uhrzeit weiß ich.
Wieso? Ich komme immer kurz nach halb eins an und fahre um eins wieder weg.
Wie ich aus dem Haus komme, ist der fremde Wagen nicht mehr da.

Ob mir etwas aufgefallen ist an diesem Auto? Nein. Außerdem hat es geregnet, und ich war froh, als ich im Hausflur stand. Sie wissen's doch selbst.
Ja, ein Kennzeichen unseres Bezirkes. Aber die Zahlen habe ich mir nicht gemerkt.«

Kellermann blickte Ruprecht wieder an.
»Ausgerechnet um die Mittagszeit holen Sie sich die Bohrmaschinen?«
Ruprecht lächelte.
»Wenn man etwas außer der Reihe bekommen kann, ist die Uhrzeit egal. Oder nicht?«
»Bei mir nicht«, antwortete Kellermann. »Das ist für mich eine Frage des Prinzips.«
»Wann waren Sie bei Wangenstein?« fragte Fichtel und trat bei seinen Worten dicht an Ruprecht heran.
»Das war nach zwölf«, sagte Ruprecht. »Wir haben dann noch geschwatzt.«
»Gut, Herr Ruprecht«, sagte Kellermann. »Wir werden Ihr Alibi überprüfen.«
»Das verlange ich«, sagte Ruprecht, aber seine Hände, die auf den Knien lagen, zitterten.
Kellermann blickte zu Fichtel.
»Hans soll gleich mal hinfahren zu diesem Wangenstein.«
Düster betrachtete er die Tür, die sich hinter Ruprecht geschlossen hatte.

In der gleichen Stunde überprüfte Rascher Menzels Alibi.
»Menzel«, sagte Rascher. »Wir benötigen eine Zeugenaussage von ihm und die Bestätigung eines Alibis.«
»Eines Alibis? Also liegt doch was vor?«
»Eine Überprüfung.«
»Aber Menzel?« Der Kaderleiter schüttelte den Kopf.

»Ein guter Kraftfahrer, Aktivist. Geordnete Familienverhältnisse. Dem Menzel verdanken wir jährlich die Erfüllung unserer Kennziffer für Sekundärrohstoffe.«

Er überlegte einen Augenblick lang.

»Oder ist es wegen . . . na ja, er lebt nicht schlecht. Das neiden ihm einige. Aber er ist auch einer der fleißigsten Leute. Er ist immer auf Achse nach Sekundärrohstoffen. Auch nach Feierabend.«

»Deshalb kommen wir nicht«, sagte Rascher mit einem Blick in das plötzlich nachdenklich wirkende Gesicht des Kaderleiters. »Wir brauchen den Nachweis, ob« – Rascher nannte das Datum des Mordtages – »er an diesem Tag von zwölf bis dreizehn Uhr im Betrieb war.«

»Machen wir«, sagte der Kaderleiter und wählte eine Nummer. »Erwin, kannst du mal?«

Nur einen Moment lang mußten sie warten, bis die Tür geöffnet wurde und ein Mann hereintrat.

»Unser Kollege Kriebel«, stellte ihn der Kaderleiter vor.

»Dispatcher. – Du, Erwin, der Kollege Menzel – wo war der am siebenundzwanzigsten August zwischen zwölf und dreizehn Uhr?«

»Da muß ich nachsehen.«

»Ja bitte«, sagte der Kaderleiter.

Kriebel verschwand und kam wieder mit einem blauen Buch, das er aufschlug und in dem er zu lesen begann.

»Am siebenundzwanzigsten August . . . elf Uhr fünfunddreißig . . . Fahrt zum VEB Kilotherm. Alurohre transportieren und Schrauben abholen.«

»Wann zurück?« fragte Rascher.

»Vierzehn Uhr.«

Vierzehn Uhr? dachte Rascher überrascht, denn er wußte, daß das Werk nicht weit entfernt war.

»Da hat er lange gebraucht?« fragte er.

Kriebel runzelte die Stirn.

»Hm«, knurrte er. »Er hat sicher warten müssen. Das ist manchmal so.«

»Ja, ja«, sagte Rascher, und er dachte, daß er fragen mußte beim VEB Kilotherm, wann Menzel dort angekommen war.

»Ist was?« fragte Kriebel.

Rascher schüttelte den Kopf. Er war in Gedanken schon beim VEB Kilotherm.

»Danke«, sagte er.

»Noch was?« fragte Kriebel.

Der Kaderleiter verneinte mit einem Blick auf Rascher, der zerstreut den Kopf schüttelte und sich erhob.

Sechs Minuten brauchte er bis zum VEB Kilotherm. aber die Auskunft, die er erhielt, war ungenau. Exakt, so wurde ihm gesagt, würde die Zeit der Ankunft nur der Lagerleiter Wichmann wissen, und der komme erst morgen aus der ČSSR zurück.

Rascher fluchte, als er das Werk verließ.

Eine dreiviertel Stunde war vergangen.

Kellermann saß und grübelte. Fichtel lehnte am Fenster.

Da betrat Cundius wortlos den Raum und legte ein Protokoll auf den Schreibtisch. Kellermann überflog es.

»Wir brauchen Ruprecht«, sagte er zu Fichtel. »Und sofort.«

»So also ist das, Herr Ruprecht«, sagte Kellermann, vor dem das Protokoll der Befragung des Verkaufsstellenleiters für Heimwerkerbedarf, Detlev Wangenstein, lag, das er Ruprecht langsam vorlas.

»Das ist von diesem Ruprecht eine bodenlose Unterstellung! Bei mir hat er sie nicht bekommen! Er war gar nicht bei mir! Er hat mich wohl mit einem Geschäft in

einer anderen Stadt verwechselt. Nein, Herr Major – gut, eben nur Herr Hauptmann –, hier liegt ein Irrtum vor! Meine Frau war mit im Laden. Die kann das bestätigen.
Vier Bohrmaschinen? Nur eine gibt es für jeden! Nur eine! So was. Weil Ruprecht sitzt, denkt er, nun kann er andere hinter sich herziehen.
Mit mir nicht, Herr Hauptmann! Bei mir gibt es für alles Belege! Ich finde das wirklich unerhört! Ich werde gar nicht fertig über diesen Ruprecht. Und wenn er zehnmal ein Alibi braucht, ich lasse kein erschwindeltes zu, in das er mich hineinzieht. Ich habe ein gutes Geschäft. Ich habe Auszeichnungen. Sie können sich sofort erkundigen. Hier ist das Telefon. Beim Kaderleiter. Ich flagge an jedem Staatsfeiertag. Immer!
Ich soll mich nicht ereifern? Würden Sie sich eine solche Unterstellung gefallen lassen?
Ob ich meine Aussage unterschreiben kann? Aber natürlich. Sooft Sie wollen.
Ob ich mit ihm verkehrt habe? Nur mal kurz. Wir hatten nicht die gleiche Wellenlänge.
Über sein Privatleben weiß ich auch nichts. Nein! Da müssen Sie woanders nachfragen.
Wieviel kriegt eigentlich der Ruprecht? Ach, können Sie nicht sagen. Also nochmals: Bei mir, ich meine bei uns, bei meiner Frau und mir, ist er nicht gewesen an diesem Tag. Ich verkaufe nur im Laden. Nur auf dem Ladentisch und während der normalen Ladenzeit. Das können Sie mir glauben. Andere schieben vielleicht mit begehrten Waren, ich nicht.«

»Wangenstein lügt!« schrie Ruprecht. »Er lügt! Er ist ein verdammtes Schwein!«

»Warum sollte er lügen?« fragte Fichtel.

»Aus Angst! Ich hätte nur von einer Bohrmaschine reden sollen, ich dachte nicht daran, daß ich ihn damit einer . . . Untersuchung aussetzte.«

»Einer Untersuchung?« fragte Kellermann.

»Ja«, antwortete Ruprecht müde. »Wenn er mein Alibi bestätigt, glaubt er, daß er selber dran ist.«

Kellermann und Fichtel schwiegen. Sie verständigten sich nur mit kurzen Blicken.

»Das verstehen wir nicht«, sagte Kellermann.

»Er verleugnet meinen Besuch aus Angst«, stieß Ruprecht zwischen den Zähnen hervor. »Mich reißt er in eine Sache rein, die schlimmer ist als das, wofür ich sitzen werde. Ich habe kein Alibi, also laden Sie mir auch noch einen Mord auf.«

»Das ist Unsinn«, sagte Kellermann.

»Wir laden Ihnen nichts auf«, ergänzte Fichtel. »Wir müssen nur jede Spur bei einem Mordfall prüfen.«

Die Worte sprudelten plötzlich aus Ruprechts Mund heraus, sehr schnell, damit er nichts vergaß, was ihm gerade einfiel.

»Er hat Angst! Wie hat er sich denn seinen Besitz zusammengegaunert? Sehen Sie sich mal an, was er hat, und sagen Sie mir, ob Sie das können mit Ihrem Gehalt. Überprüfen Sie das mal. Dann verstehen Sie, was ich meine. Sehen Sie ruhig mal in seinen privaten Keller. Da finden Sie, was es im Laden nicht gibt. Was meinen Sie, wie viele fingierte Rechnungen über angebliche Verkäufe er schon gestellt hat? Seine Inventurminusdifferenz aber verzeiht man dem Herrn Wangenstein. Aber geklaut hat er das alles und weiterverkauft. Für die vier Bohrmaschinen habe ich keinen Kassenschein gekriegt.«

»Es geht um Sie, Herr Ruprecht, und nicht um Wangenstein.«

»Eben!« begann Ruprecht erneut, und der Zorn rötete sein Gesicht. »Er nimmt mir das Alibi aus Angst! Das ist es! Er verkauft gesuchte Waren zu einem Drittel über dem gesetzlichen Einzelhandelspreis. Und die Leute zahlen. Sie machen mit, sie wollen ja wieder mal etwas von Wangenstein.«

Er begann eine Aufzählung und schlug bei jedem Wort die rechte Faust in die Handfläche der linken Hand.

»Handbohrmaschinen! Kompressoren! Rasenmäher! Betonmischer! Werkzeuge!«

Es klingt überzeugend, dachte Kellermann. Aber es kann auch sein, daß er Wangenstein verleumdet, weil der ihm nicht das erwartete Alibi verschafft hat.

Ruprecht lehnte sich erschöpft zurück, beugte sich dann jedoch wieder vor.

»Er kennt mich also nicht näher, der saubere Herr Wangenstein? Aber woher weiß ich denn das alles?«

Ruprecht wartete die Antwort Kellermanns nicht ab.

»Weil er es mir beim Saufen erzählt. So paßt das zusammen! Alles weiß ich. Er bestellt die Kunden, wenn die Ware verkauft wird. Auf die Minute. Den Preis hat er vorher geklärt. Sie beide würden nichts kriegen.«

Ruprecht lachte höhnisch auf.

»Soll ich Ihnen noch etwas erzählen? Er bietet sein Zeug an, durch Annoncen in allen Bezirkszeitungen. Was meinen Sie, was er da verdient bei seinen privaten Auktionen? Einige Leute zahlen sogar in West.«

»Das prüfen wir nach, Herr Ruprecht.«

»Tun Sie das! Tun Sie das!«

»Stimmen Sie zu, daß wir auch Ihren Wagen untersuchen? Wo steht er?«

»Bei meiner Frau! In der Garage!«

»Das klang echt«, sagte Kellermann, als Ruprecht wieder abgeführt worden war. Er folgte mit dem Daumen der rechten Hand der Bügelfalte seines linken Hosenbeines.

Fichtel nickte.

»Eine Tiefenprüfung bei Wangenstein? Gespräch mit Sir Börn?«

»Ja. Und vergeßt nicht Ruprechts Schreibmaschinen im Büro und zu Hause.«

»Auf was wir hier bei diesem Fall stoßen«, knurrte Fichtel.

»Die verfluchte Gleichgültigkeit«, sagte Kellermann. »Die Menschen sehen einfach zu. Und sie zahlen alles. Sie verlangen keine Kontrollen. Wenn sie Angst haben vor uns, dann sollen sie die Schiebungen doch wenigstens anonym anzeigen.«

»Dann fühlen sie sich als Denunzianten«, spottete Fichtel.

Kellermann schüttelte den Kopf.

»Lieber solidarisieren sie sich mit dem Betrug.«

Kellermann ging zum Fenster und preßte die Stirn an die Scheibe.

Hatte Ruprecht ein Motiv, das ihn zu einem Mord führen konnte?

Es war genau zweiundzwanzig Uhr, und Kellermann blätterte noch immer in der Akte. Viel hatten die Männer und die eine Frau seiner Kommission zusammengetragen.

Alle sechs Verdächtigen, das war einwandfrei ermittelt worden, hoben sich über den Durchschnitt hinaus, besaßen Konten mit bemerkenswerten Beträgen (bei der Sparkasse oder der Bank), Bungalows, die Wohnhäusern glichen, Shigulis, der eine ein Kajütboot, der andere eine wertvolle Sammlung alter Humpen, der dritte echte Biedermeiermöbel.

Im Wohngebiet fiel keiner auf. Zechendorf wurde als arrogant bezeichnet, König als jähzornig. Die Ehen, hieß es, liefen nicht besser oder schlechter als andere Ehen, am besten bei Schaaf und König, da führten die Frauen das Regiment. Außereheliche Beziehungen waren bekannt von Ruprecht und Menzel. Frau König habe einen Freund, der immer dann käme, wenn ihr Mann länger wegbliebe.

Bei wem war ein Motiv zu suchen, das zwingend werden konnte für eine Mordtat?

Bei wem?

Gab es einen Flirt, der plötzlich keine Spielerei mehr war?

Eine Angst vor der Scheidung, bei der sich die Ehefrau durch Erpressung den größten Teil der materiellen Güter sichern konnte?

Und Ruprecht?

Er saß schon in Untersuchungshaft und hatte gewiß zehn Jahre zu erwarten. Hatte er geglaubt, sich retten zu können durch den Tod des Mädchens, weil sie von ihm zuviel wußte? Hatte er so der Verhaftung entgehen wollen? Und die anderen? Hatte nicht oft eine Ermittlung andere Ermittlungen ausgelöst? Würde es auch so sein bei diesem Fall?

Wer hatte am meisten zu verlieren? König? Aber war König nicht schon so gut wie ausgeschieden aus dem Kreis der Tatverdächtigen?

Kellermann suchte einen neuen Denkansatz.

Was hatte Marie Ampler von dem Täter gewußt?

Mußte er ihr Wissen fürchten?

Hatte er prahlerisch geschwatzt bei einem intimen Zusammensein?

War es die Angst vor einer Scheidung, einem Neubeginn?

Oder war es die Angst vor der Erpressung durch das Mädchen?

Waren das Mordmotive?

Doch mit einer Ehefrau konnte man sich einigen!

Und wenn das Mädchen von verbrecherischem Betrug wußte?

Kellermann dachte an Ruprecht! Wenn sie bei den Ermittlungen auf weitere Einzelheiten stießen?

Was ergab die Untersuchung der Autos von Schaaf, König und Ruprecht? Marie Amplers Anwesenheit im Auto Schaafs konnte nachgewiesen werden. Die Techniker hatten einen Teilabdruck ihrer Daumenballenpartie entdeckt und den Teilabdruck einer Handfläche. Handschuhabdrücke hatten sie nicht feststellen können.

Kellermann hatte sich bei den Befragungen verstohlen die Hände der Männer angesehen. Diese Männer – Ruprecht, Schaaf, König – hatten Angst gehabt, das war unverkennbar gewesen. Nur Zechendorf war gelassen geblieben.

Kellermann besaß einen Blick für die Angst, er kannte ihre Gesichter und ihre Gesten aus unzähligen Verhören.

Das Motiv . . .

Sie mußten das Motiv finden!

Sie kannten die Tatzeit, den Tatort, die möglichen Täter, aber sie kannten noch nicht das Motiv.

Und sie hatten Windig und Menzel noch nicht befragt.

13 Regen

Als Kellermann aus dem Gebäude trat, empfing ihn ein kalter Wind und ein Regen, der stärker und stärker wurde. Aber Kellermann achtete nicht auf ihn. Vielleicht brauchte er dieses Wetter. Tief atmete er die Regenluft ein, genoß sie.

Schon nach kurzer Zeit spürte er die Kälte, seine Haare waren naß, und die Regentropfen liefen in seinen Kragen und weiter auf den Rücken.

Kellermann lief gern im Regen, er mochte den Regen und benutzte nie einen Schirm.

Wie weit waren sie gekommen in diesem Fall?

Noch immer befand sich ein Gewaltverbrecher auf freiem Fuß, saß vielleicht in diesem Augenblick vor dem Fernsehapparat, trank ein Bier, trank Wein, lachte, lebte.

Kellermann beobachtete ein Pärchen, das eng umschlungen unter einem Baum stand, der auch sie nicht lange schützen würde. Es war ein junges Pärchen. Das Mädchen war sehr schlank. In jedem Mädchen, dachte Kellermann, sehe ich schon diese Marie Ampler. Wir schließen erst ihre Augen, wenn wir den Täter fassen, hatte Bullesbach gesagt. Doch wann würden sie die Augen der Marie Ampler schließen können? Die Verantwortung trug nicht mehr Bullesbach, sondern er, auch wenn es die Kommission gab, die nun er leitete. Und nach Bullesbach mußte ein guter Mann folgen, ihn zu ersetzen war schwer.

Bei jedem Schritt dachte er an einen Namen.

König ...

Zechendorf ...

Schaaf ...

Windig ...

Menzel ...

Ruprecht ...

Und doch stutzte er bei einem Namen. Der Verdacht kam einfach aus dem Grübeln heraus, wenn er die möglichen Motive überdachte, doch es war kein beweisbarer Verdacht, und er wollte ihn auch mit den andern noch nicht beraten.

Er dachte an die Männer, die sie bereits vernommen hatten. Sie waren unsicher gewesen, einer mehr, einer weniger. Genug Bürger hatten vor ihm gesessen ohne Angst, ihre Bereitschaft zur Hilfe war spürbar gewesen und in den Jahren immer mehr gewachsen.

Wem konnte man die Tat zutrauen? Jeder der Verdächtigen hatte viel zu verlieren, wenn eine Scheidung drohte. Aber drohte sie wirklich? Und wenn, dann ihretwegen einen Mord begehen? Doch die Gier trieb manchen zu Taten, die man ihm nicht zugetraut hätte. Sie wurden verübt, obwohl die Strafen hoch waren, sehr hoch, die Gier trieb die Täter weiter und weiter, sie war stärker als die Vernunft.

Nur: Wen trieb die Gier zum Mord?

Selbst wenn diese Marie Ampler einen der Männer erpreßt hatte, wegen eines Versprechens, das der Täter bei genauem Überdenken bereute, weil ihm eine Scheidung einen Teil der materiellen Werte nehmen konnte – war das ausreichend für eine solche Tat? Gab es etwas, das sie nicht bedachten?

Der Regen lief Kellermann über das Gesicht, wurde immer stärker. Einmal, als Kellermann hochblickte zu einer Laterne, konnte er sehen, wie dicht der Regen fiel. Regen hatte auch alle Spuren gelöscht nach dem Verbrechen, ein tagelanger Regen, ein nächtelanger, ein Regen, der nicht enden wollte.

Kellermann trat in eine Pfütze, und das Wasser bespritzte seine Hosenbeine. Als er am Rand der Straße wartete, bis er keine Scheinwerfer eines Autos mehr sah, und sich gerade anschickte, den Damm zu überqueren, traf ihn unvermittelt eine kalte schmutzige Dusche. Ein Wagen kam aus einer Seitenstraße herausgeschossen und fuhr dicht an ihm vorbei.

Da fluchte er doch, aber er schämte sich sofort dieses Fluches, denn wer fluchte, verriet Schwäche.

Er lief weiter in die dunklen Straßen hinein, in denen die beginnende Nacht und der Regen das Licht aufzusaugen schienen. Der Mörder saß irgendwo in einem Zimmer, saß trocken und sicher. Aber die Angst würde ihn nicht loslassen und sein Gewissen. Das war eine Erfahrung, die sich Kellermann immer aufs neue bestätigt hatte. Unendlich schwer lebte es sich mit einem Mord auf dem Gewissen.

Wie hieß der Mörder?

Hieß er König . . .

Zechendorf . . .

Schaaf . . .

Hieß er Windig . . .

Menzel . . .

Ruprecht . . .

Sie mußten die Unsicherheit des Täters verstärken, unerträglich machen, dieser mußte das Netz spüren, das sich um ihn zusammenzog, immer enger. Sicher spürte er es schon, dieser Mann. Die Vernehmungen waren der erste Schritt, der Täter wußte, selbst wenn er noch unentdeckt vor ihnen gesessen hatte, daß sie ihm auf den

Fersen waren, ihn nicht mehr aus den Augen lassen würden.

Und es lauerte weiter der Verdacht hinter Kellermanns Stirn, wenn er an einen bestimmten Namen dachte. Doch wollte er nicht einer Intuition nachgeben, nur der Gang der Ermittlung konnte zu dem Täter führen. Die Vermutung, dachte er, ist die Vorstufe zur Erkenntnis.

»Tag, Paps«, sagte Heike, als er die Tür aufschloß. »Mutti ist bei Frau Kleine. Sie kommt später.«

»Gut«, sagte Kellermann.

»Soll ich dir Abendbrot machen?«

Kellermann nickte, und er hörte dann, als er sich im Wohnzimmer in den Sessel fallen ließ, die Geräusche aus der Küche.

Heike brachte ein Tablett, und er aß mit gutem Appetit, mehr als sonst.

»Paps.«

»Ja?«

Kellermann wunderte sich, daß sie so leise sprach.

»Ich muß dir etwas sagen.«

»Schieß los!«

»So einfach ist das nicht, Paps.«

Heike schwieg.

Kellermann blickte sie an. »Nun?«

»Ich bin schwanger, Paps.«

»Schwanger?«

»Ich lass' es wegmachen.«

Kellermann starrte seine Tochter an, und er brauchte Minuten, um sich zu fassen. Heike? dachte er. Ich, schoß es ihm durch den Kopf, kläre einen Fall auf, wo eine Schwangere getötet worden ist, die ihr Kind behalten wollte . . .

»Das kommt nicht in Frage«, sagte er leise. Was hatte er nicht erst kürzlich im Kollektiv der MUK gesagt? Ist eine Abtreibung gewissermaßen nicht auch ein Mord? Das waren seine Worte gewesen, und zu ihnen stand er. Eine Ausnahme war für ihn nur eine Schwangerschaft, die infolge einer Vergewaltigung entstanden war. Rita war anderer Meinung gewesen, auch Peter. Auch Bullesbach.

Heike sah ihm in die Augen, ohne Scheu.

»Wer ist es?« fragte Kellermann hart.

Heike lächelte.

»Du kennst ihn nicht. Ich habe ihn sehr gern, aber ich will ihn nicht zum Mann. Das weiß ich genau. Sonst würde ich das Kind wollen.«

»Du hast den Mut zu einer Schwangerschaft gehabt, Heike, dann habe auch den Mut zu einem Kind. Du . . .«

»Die Möglichkeit einer Schwangerschaft war so weit weg, Paps. Da denkt keiner an eine Havarie.«

Kellermann hob die Stimme. »Eine Havarie?« Er wollte weitersprechen, aber Heike unterbrach ihn.

»Ein Kind muß kommen, wenn man es wirklich will, Paps. Ich denke da an so viel, den Schulabschluß, das Studium. Ein Kind soll keine Kindheit haben, die durch meine Ausbildung belastet ist. Oder durch den Anfang einer Ehe, wo man sich mit dem Partner zusammenrauft. Ich will bestimmen, wann es kommt. Ich allein. Ich will nicht mit einem Kinderwagen anfangen!«

Kellermann saß wie benommen.

»Ich spring' noch mal zu Marlies rauf«, hörte er und widersprach nicht, saß nur und grübelte, als er wieder allein war. Hatte er Heike nicht bis heute immer noch als Kind gesehen? Sie war aber kein Kind mehr, sie war eine junge Frau – wie die Tote. Marie Ampler hatte den anderen Weg gewählt, das Kind offensichtlich gewollt. Warum dachte er jetzt an die Tote? Wie weit konnte er sich überhaupt hineindenken in diese jungen Frauen? Gehörte er noch zu einer Generation, die nicht zugeben wollte, daß junge Mädchen und Frauen frei über ihre Schwangerschaft entscheiden sollten? Wie stand er zu dem neuen Anspruch der Toleranz? Waren sie zu freizügig in ihrer Partnerwahl? Und wenn die Tote den Mann geliebt hatte, von dem sie schwanger geworden war, wenn sie das Kind des Geliebten zur Welt hatte bringen wollen, genauso rigoros, wie seine Tochter dies ablehnte?

Die Gedanken überschlugen sich in seinem Kopf. Hatte er sich intensiv genug mit Heikes Gedankenwelt beschäftigt, ja mit der junger Leute überhaupt? Begann er jetzt erst, die Tote besser zu verstehen, wenn er sie mit seiner Tochter verglich? Würde er auf diesem Wege eventuell dem Motiv des Täters näherkommen?

Er blickte vor sich auf den Boden. Was würde Marianne sagen?

Er wußte es nicht.

Er saß und wartete auf seine Frau.

Kellermann erhob sich, als er den Wohnungsschlüssel hörte.

»Schon da?« fragte Marianne überrascht.

Es klang erfreut. Es war das verwunderliche an Marianne, daß sie eine Verstimmung oder einen Streit von einem Tag zum anderen vergessen konnte. Das liebte er an ihr sehr.

»Du hast getrunken?« fragte sie, als er ihr aus dem Mantel half. »Ein Anlaß?«

»Ja«, sagte Kellermann.

»Der neue Fall? Schon geklärt?«

»Es ist nicht der laufende.«

»Dann ist es einer, der auf Eis lag und den du wieder mit Bullesbach ausgegraben hast?«

»Bullesbach liegt im Krankenhaus.«

»Im Krankenhaus?«

»Herzinfarkt.«

»Das ist das Ergebnis«, sagte Marianne leise, »wenn man die eigene Kraft überschätzt.«

»Solche Worte hat er nicht verdient, Marianne.«

»Es ist gut«, sagte sie. »Ich weiß. Und ich weiß ebenso, daß es mit dir auch soweit kommen kann, wenn ich dich nicht bremse.« Sie ordnete ihre Haare vor dem Spiegel. »Wenn ich es überhaupt noch kann.«

»Du kannst es noch«, sagte er und küßte ihren Nacken, und er roch ihr Parfüm.

»Es ist noch das alte«, sagte Marianne, und die Worte klangen spitz. »Du hast es nur schon lange nicht mehr wahrgenommen.«

Sie stand überrascht und starr, als er sie an sich zog, sie eng an sich preßte und den Mund in ihr Haar drückte.

»Ist es sehr schlimm?« sagte sie.

Er fuhr zusammen. »Was meinst du?«

»Na der Fall, an dem du arbeitest. Was meine ich wohl sonst.«

»Jetzt ist es nicht das«, sagte Kellermann.

»Nicht das?«

»Nein. Es betrifft uns ganz persönlich.«

»So?«

»Komm in das Wohnzimmer«, sagte Kellermann. Er nahm einen Kognakschwenker aus dem Schrank und goß ihr ein.

Sein Schritt war schwer.

»Trink erst mal.«

Dann trank er selber.

»Du machst es aber feierlich, Fritz.«

Kellermann blickte zur Decke, als er sprach.

»Unsere Tochter ist schwanger.«

Marianne verschüttete den Inhalt ihres Glases, den sie noch nicht getrunken hatte. Aber sie hatte sich sofort wieder in der Gewalt und schien völlig ruhig zu sein.

Sie saßen sich schweigend gegenüber.

Marianne räusperte sich.

»Und sie hat zuerst mit dir gesprochen, Fritz?« fragte Marianne ungläubig.

Kellermann stöhnte auf. »Ich war wohl zuerst da. Vielleicht weiß sie es selbst erst seit heute. Ich war der erste von uns beiden, den sie getroffen hat.«

»Der Torsten«, sagte Marianne leise, als ob sie mit sich selber sprach.

»Du kennst ihn?« fragte Kellermann überrascht.

Marianne nickte. »Aber ja«, erwiderte sie dann.

»Ich kenne ihn nicht«, sagte Kellermann, »habe ihn nie gesehen, habe noch nicht einmal etwas von seiner Existenz gewußt.«

»Sie ist kein Kind mehr«, sagte Marianne. »Sie braucht uns nicht ihre Freunde zu nennen, wenn sie es nicht will.«

Kellermann wollte aufbrausen, aber er beherrschte sich.

»Hat sie dir gesagt, was sie nun will?« hörte er Marianne fragen.

»Sie will eine Abtreibung«, stieß Kellermann zwischen den Zähnen hervor, und er war erstaunt, wie selbstverständlich Marianne nickte.

»Sie haben eine neue Methode«, hörte er sie sagen, »die ganz ungefährlich ist. Ohne Folgen für später.«

»Das ist deine einzige Meinung zu diesem Problem?« fragte Kellermann scharf. »Sie wirft ein Leben weg. Einfach so. Wir haben ihr zuwenig Werte für das Leben vermittelt, wir . . .«

Doch Marianne unterbrach ihn heftig.

»Sie wirft es nicht weg, Fritz. Dann kennst du Heike schlecht. Sie freut sich auf Kinder, nicht nur auf eins. Aber nicht jetzt, nicht zu diesem Zeitpunkt. Du tust ihr unrecht, Fritz, völlig unrecht, wenn du sie so einschätzt.«

Kellermann rieb sich das Kinn.

»Es ist gut«, hörte er Marianne sagen, »daß sie die erste Liebe nicht für die endgültige hält.«

»Liebe . . .«, sagte Kellermann, und es war ein wenig Hohn in seiner Stimme.

Kellermann schloß die Augen, saß minutenlang reglos. Und wieder sah er die Tote am Teufelsauge, die Tote, die im gleichen Alter gewesen war wie Heike . . .

Kellermann wachte mehrmals auf in dieser Nacht, und immer, wenn es geschah, hatte er geträumt. Oft schlief er traumlos, aber in dieser Nacht quälten ihn Alpträume.

Sie fuhren zu einem Tatort, und er saß neben Bullesbach. Nur, es war nicht am Tag, es war nachts, und als sie ausstiegen, war es das Teufelsauge, er sah die Gesichter der Polizisten und der Kriminaltechniker sehr weiß, wie gepudert. Sie schritten in die Gasse aus Brennesseln und sahen die Tote liegen, doch als Bullesbach ihren Kopf wendete, war es seine Tochter, war es Heike, nur ihre Augen waren nicht erstarrt. Sie blickte ihn an, sie bewegte sich nicht, sie war tot und lebte doch. Nicht weit von ihr standen im Dunkeln mehrere Männer. Im Scheinwerferlicht eines Autos konnte er ihre Gesichter erkennen. Sie standen Schulter an Schulter, still, ohne sich zu rühren, und es waren die Männer, die sie überprüften, es waren König, Zechendorf, Schaaf, Windig, Menzel und Ruprecht, sie standen reglos wie Gestalten in einem Wachsfigurenkabinett. Kellermann starrte nur den einen Mann an, doch der blickte schnell weg, als er sich beobachtet fühlte. Bullesbach sprach nicht, die sechs Männer schwiegen, auch die Polizisten, die in Uniform und in Zivil am Tatort waren. Eine gespenstische Stille umgab Kellermann. Er vermochte sich nicht mehr zu rühren, er konnte nur noch den Kopf bewegen. Heike, dachte er plötzlich. Hier liegt Heike! Er sah wieder zu den sechs Männern, zu dem einen Mann. Eine plötzliche Wut, eine noch nie gespürte Wut stieg in ihm auf. Da stand der Täter vor ihm, reglos! Er verspürte den Drang, zur Dienstwaffe zu greifen und den Täter mit der Waffe zum Geständnis zu zwingen, er wehrte sich gegen diesen Wunsch, der übermächtig wurde, und er war froh, daß er es nicht vermochte, seinen Arm zu heben. Er blickte in die Augen Bullesbachs. Nur die Augen der Menschen um Kellermann schienen zu leben, nur die Augen. Selbst die Blätter und Gräser bewegten sich nicht. Kellermann wollte etwas sagen zu Bullesbach, aber er konnte nicht sprechen. Er wollte sich hinabbeugen zu seiner vor ihm liegenden Tochter, die ihn ansah und wohl zu erwarten schien, daß er sie aufhob. Aber das durfte er nicht, weil es der Tatort war. Bewegte sich nicht Heikes Mund so, als wenn sie schreien würde? Doch er hörte keinen Ton. Er erwachte.

Er lag neben Marianne, die tief schlief und fest.

Er wälzte sich hin und her und fand keine Schlafstellung. Er drehte sich auf den Rücken und blickte in das Dunkel, ohne die Augen wieder zu schließen.

Marianne . . . Heike . . .

Hatte er zu intensiv in diesem Beruf gelebt? Aber konnte man ihn denn anders ausüben? Hatte er die Erziehung des Mädchens nur Marianne überlassen? Überließ er ihr nicht auch in dieser neuen Situation die Entscheidung? Konnte er im privaten Leben keine Entscheidung mehr fällen, nur noch im Dienst?

Er ballte die Fäuste, öffnete sie, ballte sie wieder. Aber in diesem Beruf konnte er nicht anders arbeiten, nie.

Seine Gedanken wirbelten durcheinander, so daß er sie nicht zu Ende denken konnte, er war bei seiner Tochter, und er war beim Fall der Marie Ampler.

Was hatte er Marianne zugemutet in all den Jahren? Aber sie war nicht unglücklich gewesen. Das hätte sie ihm gesagt!

Sie war ehrlich, immer.

Gewiß gab es Spannungen, doch die gab es in jeder Ehe, und er würde nie eine andere Partnerin wollen als Marianne, da war er sich absolut sicher, und er würde nicht einmal fähig sein, sie zu betrügen.

Er liebte Marianne anders, als er es früher getan hatte, aber er liebte sie noch immer. Und was auf sie zukam, als sie ihn heiratete, hatte sie gewußt.

Doch hatte sie das wirklich gewußt? Konnte er mit Bestimmtheit sagen, daß sie glücklich war? Konnte er das? Hatte sie nicht nur für ihn und seinen Beruf gelebt in all den Jahren, nicht alles ferngehalten von ihm, jedes persönliche Problem, obwohl sie selbst beruflich stark gefordert war?

Er wälzte sich auf die Seite, so daß er sein Gesicht nahe an das ihre bringen konnte. Als er ihr über das Haar strich, erwachte sie nicht. Marianne . . .

Er wünschte, sie zu wecken und in die Arme schließen zu können, aber sie brauchte ihren Schlaf, und sicher war es gut, wenn sie tief schlief und fest nach diesem Abend.

Wieder packte ihn der Fall.

Alle hätten sie ein Motiv, diese Männer, wenn sie ihren Besitz schützen wollten und ihre Ehe gegen eine Marie Ampler, die sie belogen hatten. Ob sie an diese Lüge erinnert worden waren in der rigorosen Art eines Mädchens wie Heike? Bei einem dieser Männer mußte das Motiv am zwingendsten sein, weil ihn eine Drohung Marie Amplers am härtesten traf . . .

Von einem der Männer war sie schwanger geworden, die Marie. Und nun mußten die Kriminalisten den Zeitraum, in dem das Mädchen ihr Kind empfangen hatte, so genau wie möglich eingrenzen, um dann Tag für Tag zu untersuchen. Rita würde das tun.

IV

14 Angst

Die Reisegruppe passierte den Zoll, ohne kontrolliert zu werden. Die Gesichter Paul Kretzschmars und seiner Frau waren braungebrannt.

Fichtel trat an Kretzschmar heran und wies sich aus.

»Herr Kretzschmar. Ich brauche von Ihnen ein paar Angaben.«

»Von mir?« fragte Kretzschmar verblüfft und setzte die Koffer ab.

Fichtel nickte. »Wir setzen uns in ein Zimmer beim Zoll. Kommen Sie bitte.«

Sie saßen sich gegenüber.

»Sie haben am siebenundzwanzigsten August einen Kaufvertrag für ein Auto unterschrieben, Herr Kretzschmar?«

Kretzschmar nickte überrascht. »Das habe ich.«

»Ein Kollege Schaaf war bei Ihnen?«

»Ja.«

»Wann war er bei Ihnen?«

Kretzschmar blickte seine Frau an. »Susanne, weißt du die Zeit genau?«

Frau Kretzschmar legte die Stirn in Falten. »Ich glaub's schon«, sagte sie. »Natürlich! In der Küche begannen die Nachrichten. Und es ging zuerst um die Flugzeugentführung. Natürlich . . .«

»Wann war es?« fragte Fichtel.

»Genau um eins«, antwortete Frau Kretzschmar. »Da kam der Herr Schaaf.«

»Nicht eher?« fragte Fichtel. »Diese Zeit kann im Protokoll stehen?«

Susanne Kretzschmar nickte. »Ganz gewiß. Ich wollte gerade das Essen auftragen, da kam der Herr Schaaf. Und wir haben uns gefreut.«

»Was hatten Sie für einen Eindruck von ihm? Ich meine – war er ruhig, war er erregt? Gibt es etwas, was Sie über ihn sagen können?«

»Blaß war er«, antwortete Frau Kretzschmar. »Er sollte mit uns essen, aber er wollte nicht. Mein Magen, hat er gesagt. Es würde ihm nicht gut gehen.«

»Wie lange blieb er?«

»Eine halbe Stunde«, erwiderte Frau Kretzschmar. »Länger nicht. Er wirkte gehetzt. Aber die Arbeit heute überall. Sie wissen's ja selbst, Herr . . .«

Fichtel nickte. Schaaf, dachte er dabei, hat kein Alibi. Seine Zeitangabe war falsch. Und er hat es gewußt.

»Ihre Zeitangabe stimmt nicht, Herr Schaaf«, sagte Kellermann.

Schaaf schwieg minutenlang.

»Ich weiß«, sagte er dann leise.

»Sie wissen, daß die Zeitangabe falsch ist, und geben sie trotzdem zu Protokoll?«

»Ich dachte, daß Sie mir nicht glauben würden, wenn ich die Wahrheit sage.«

Kellermann runzelte die Stirn. »Ich verstehe Sie nicht . . .«

»Sie werden mich gleich verstehen. Wahr ist, daß mir schlecht war und ich rechts ranfahren mußte und eine Weile hielt.«

»Wo?« fragte Kellermann.

»Vor Burgersweilen«, sagte Schaaf. »Hinter dem letzten Apfelbaum. Noch vor dem Ortsschild.«

»Wie lange standen Sie dort?«

»Vielleicht eine halbe Stunde«, antwortete er zögernd.

Eine halbe Stunde? dachte Kellermann. Dann sind Autos an ihm vorbeigefahren, vielleicht ein Linienbus. Ein Auto auf der Landstraße fällt auf. Finden wir einen Zeugen, der seine Angaben bestätigt, hat er ein Alibi. Wenn es einen Zeugen gibt, wird Fichtel ihn finden.

Er beobachtete Schaaf, sah das Flackern in dessen Augen. Warum hatte er Angst, dieser Schaaf, wenn seine Angaben stimmten? Doch es konnte auch an diesem Verkauf liegen. Er war persönlich zu diesem Kunden gefahren. Eine eigenartige Sache. Man würde Schaaf, auch wenn ihn eine Zeugin oder ein Zeuge von dem Verdacht des Mordes befreite, überprüfen müssen. Nur, das war nicht seine Aufgabe. Er würde Hauptmann Gröner unterrichten.

Ein paar Minuten lang saßen sie sich schweigend gegenüber. Schaaf saß ein wenig vornübergebeugt, sein Gesicht war sehr bleich.

15 Weiße Flecke

»Polizei?« fragte Wichmann überrascht und blickte Rascher an. »Lassen Sie mich erst mal Luft holen. Ich komme aus dem Urlaub.«

»Es ist sehr dringend, Herr Wichmann«, sagte Rascher und erläuterte sein Anliegen.

»Da muß ich mich setzen«, sagte Wichmann. »Kommen Sie doch mit in die Wohnung, bitte! Bei einem Alibi muß man doch genau sein. Ganz genau.«

Rascher nickte. Schweigend saß er Wichmann gegenüber, der hastig rauchte und auf den Boden blickte.

»Der siebenundzwanzigste August«, wiederholte Wichmann immer wieder. »Wann ist der Menzel gekommen . . .«

Wichmann sah hoch.

»Menzel!«

»Menzel.«

»Tja . . .«

»Vielleicht«, warf Rascher ein, »gibt es eine Arbeit, an die Sie sich erinnern können, eine Arbeit, von der aus Sie die Zeit ableiten können.«

Wichmann sah wieder zu Boden.

»Natürlich«, sagte er unvermittelt. »Vor eins kann er nicht dagewesen sein. Ich war bei der Betriebsärztin. Natürlich. Dann habe ich noch eine Ladung fertiggemacht. Und dann kam erst der Menzel.«

»Wann genau also?«

»Viertel nach eins. Nicht eher. Auf keinen Fall.«

»Er kam direkt zu Ihnen? Oder war er noch an einer anderen Stelle im Werk?«

»Er kam sofort zu mir. Er lud Rohre ab und Schrauben auf. Jetzt weiß ich's. Er hatte es sehr eilig. Ich erinnere mich jetzt immer besser.«

Rascher preßte die Lippen aufeinander. Menzels Alibi, dachte er, zerplatzt wie eine Seifenblase. Ich muß Fritz sofort anrufen. Und dann holen wir uns Menzel . . .

Menzel trat ein, ein Vierzigjähriger, der älter wirkte durch seinen Schnurrbart und sein faltiges Gesicht. Er sieht aus wie Günther Grass in jüngeren Jahren, dachte Kellermann. Aber dieses Aussehen kann ihn interessant gemacht haben für das Mädchen.

»Sie sind Herr Hartmut Menzel?« fragte Kellermann. Er nannte die Anschrift und die Arbeitsstelle Menzels.

»Ja«, sagte Menzel.

»Sie arbeiten als Lager- und Transportarbeiter?«

»Ja.«

»Sie haben die Schrottboxen des Betriebes unter sich und eine Schlüsselkarte für das Lager?«

»Ja«, erwiderte Menzel, aber er sprach nun leiser, und er kniff einen Moment lang die Augen zusammen, als habe er einen scharfen Schmerz verspürt, dann fuhr er sich mit dem Handrücken der rechten Hand über die Stirn.

»Ich arbeite ordentlich!« fuhr er auf.

»Haben wir etwas anderes gesagt, Herr Menzel?«

Schweigen.

»Kennen Sie dieses Mädchen?«

Menzel starrte verblüfft auf das Foto.

»Meinen Sie mich?«

»Sicher doch nur Sie, Herr Menzel.«

»Ich fange keine Frauengeschichten an.«

»Wir reden nicht von Frauengeschichten, Herr Menzel, wir reden von dem Mädchen auf dem Bild.«

Menzels Gesicht war blaß geworden. Seine Augen flackerten.

»Ich muß schon sagen . . .«, stotterte er.

»Schildern Sie uns Ihren Tagesablauf am siebenundzwanzigsten August«, sagte Kellermann. »Was taten Sie in Ihrer Arbeitszeit?«

»Bis um halb zehn war ich im Werk. Habe entladen. Dann brachte ich Rohre zum VEB Montan. Da war ich um Viertel vor elf zurück. Dann saß ich im Fuhrpark, so bis um halb zwölf, habe gegessen und . . . ich muß im Fahrtenbuch nachsehen.«

»Nicht nötig, Herr Menzel. Wir wissen es. Sie waren dann beim VEB Kilotherm.«

»Das stimmt! Jawohl!«

»Sie haben den Betrieb um elf Uhr fündunddreißig verlassen und waren um vierzehn Uhr zurück.«

Schweigen.

»Fahrtzeit zu diesem Werk«, sagte Kellermann, »sechs Minuten. Sie haben Alurohre hingebracht und Schrauben abgeholt, ein Vorgang, der sich gewiß schnell abwickeln läßt.«

»Und in der restlichen Zeit?« fragte Fichtel. »Was taten Sie da?«

»Man kann ja auch mal ein bißchen was Privates machen?«

»In der Arbeitszeit?« fragte Kellermann. »Was zum Beispiel?«

»Man kann mal zu Hause vorbeifahr'n.«

»Ihr Zuhause lag auf Ihrem Weg?«

»Ja.«

»Auch Ihre Garage?«

»Na und?« fragte Menzel.

»Man könnte«, sagte Kellermann, »eine kleine Spritztour mit dem eigenen Shiguli machen? Oder nicht?«

»Warum sollte ich?«

»Dann klären Sie uns über die von uns genannte Zeit auf. Sie verlassen Ihren Betrieb um elf Uhr fünfunddreißig und kommen beim VEB Kilotherm gegen ein Uhr zwanzig an? Das müssen Sie uns schon erklären, Herr Menzel. Dafür gibt es einen Zeugen.«

Menzels Mund stand offen, und es sah so aus, als kämpfte er mit sich, bevor er die Antwort formulieren konnte.

»Ich weiß nicht . . .«

»Wir müssen diese Angabe von Ihnen fordern, Herr Menzel«, sagte Kellermann und sah den vor ihm sitzenden Mann eindringlich an. »Sie kommen nicht um die Antwort herum. Es geht um die Aufklärung eines Mordes.«

»Und wenn ich es nicht sagen kann?«

Kellermann blickte von Menzel weg und auf das Foto vor ihm auf der Tischplatte, dann folgte er mit dem Daumen der rechten Hand der Bügelfalte seines linken Hosenbeines.

Auf Menzels Stirn bildeten sich Schweißperlen.

»Überlegen Sie genau«, sagte Kellermann leise. »Sie verweigern die Aussage?«

Menzel hob die Hände.

»Nein, nein! Ich muß bloß genau nachdenken. Ich – warten Sie . . . ich hatte eine Panne. Ja, das war's! Warum ist mir das nicht gleich eingefallen.«

»So«, sagte Fichtel schnell, löste sich vom Fenster und trat hinter den sitzenden Menzel. »Eine Panne hatten Sie?«

Kellermann hob beschwichtigend die Hand, da er die Erregung Fichtels sah.

Menzel nickte. Seine Fäuste ballten und schlossen

sich, und sie taten es weiter, obwohl Menzel die Blicke Kellermanns sah.

»Es war eine Panne!«

Seine Worte klangen trotzig.

»Sie haben Zeugen?« fragte Kellermann. Jetzt, das spürte er, war ein entscheidender Punkt der Vernehmung gekommen. Die Unsicherheit dieses Menzel verstärkte sich. Eine Panne war auf der Straße eingetreten, vor irgendeinem Haus, ausgerechnet zur Tatzeit. Ein paar Zufälle zuviel, fuhr es Kellermann durch den Kopf. Er dachte an die Schrottboxen und an das Vermögen dieses Menzel.

»Wo stand Ihr Auto bei der Panne?«

»In der Ludwigstraße. Neben dem Kino.«

Fichtel trat an den Schreibtisch heran, griff nach einem Bleistift, warf ihn in die Luft und fing ihn, nachdem er sich zweimal überschlagen hatte, wieder auf.

Kellermann blickte Fichtel an, ehe er sprach.

»Wir müssen Sie bitten, in einem anderen Zimmer zu warten, Herr Menzel, bis Ihr Alibi bestätigt wird.«

Menzel verließ den Raum mit bleichem Gesicht. Er versucht fest aufzutreten, dachte Kellermann. Aber der Versuch gelingt ihm nicht.

Dann beugte er sich über den Stadtplan, und sein Finger entdeckte nach kurzem Suchen das Kino »Solidarität«. Für dieses Gebiet, das wußte er, war Kramer der zuständige ABV.

»Wenn wir Glück haben«, sagte er zu Fichtel, »ist er da. Wir brauchen einen Bürger oder eine Bürgerin, die in der fraglichen Zeit beobachtet haben, daß ein Auto repariert wurde. Vielleicht kennt er jemand, der tagsüber zu Hause ist.«

Kellermann begann zu wählen, aber der Ruf kam nicht an. Nachdenklich blickte er auf den Telefonhörer.

»Wir müssen mehr wissen über diesen Menzel.«

Er wählte erneut und hatte diesmal Glück.

»Hallo, Genosse Kramer«, sagte er erfreut. »Hier ist Kellermann.«

»Tag«, antwortete Kramer.

»Sie kennen doch das Kino ›Solidarität‹?«

»Gut.«

»Wir sind bei einem Alibi. Kennen Sie jemand, der am siebenundzwanzigsten August zwischen zwölf und eins auf der Straße gewesen sein kann?«

»Auf der Straße nicht, aber am Fenster. Der ist immer am Fenster.«

»Wer ist das?«

»Eugen Kalumpe. Ein gehbehinderter Rentner. Er ißt sogar am Fenster. Er ist ein Auskunftsbüro. Hat mir schon oft geholfen.«

»Und wo wohnt er?«

»Wenn man vor dem Kino steht, das zweite Haus rechts. Im ersten Stock.«

»Danke«, sagte Kellermann und blickte Fichtel an, als er auflegte. »Du brauchst mit dem Auto sechs Minuten. Und bring was mit!«

Fichtel nickte.

Kellermann saß allein im Raum.

Martin, dachte er, Martin Borchert, der für Menzel zuständige ABV, den ich gut kenne. Er blickte auf die Uhr und nickte. Er ahnte, wo er ihn um diese Zeit erreichen konnte, und griff zum Hörer, um zu wählen.

»Hallo, Martin«, sagte er, als er die vertraute Stimme hörte. Ich brauche ein paar Auskünfte. Sehr schnell.«

»Sofort?«

»Ja.«

»Über wen?«

Kellermann nannte den Namen Menzels und seine Adresse.

»Kann ich, Fritz. Soll ich kommen?«

»Wenn es geht«, antwortete Kellermann.

»Bei dir immer, Fritz. Das weißt du doch.«

»Danke, Martin.«

Kellermann legte auf und wartete. Wenn Menzels Alibi nicht bestätigt wurde, durfte er die Bezirksbehörde nicht mehr verlassen.

Einem kurzen Klopfen folgte Martin Borchert.

Kellermann erhob sich und ging auf ihn zu.

»Du bist geflogen, Martin.«

Borchert lachte.

»Nur eine grüne Welle.«

»Setz dich, Martin. Ich brauche alles, was du weißt über Menzel.«

»Da weiß ich allerhand, Fritz. Er hat mir ja auch Ärger bereitet.«

»Wieso?«

»Er schlägt seine Frau. Nachts um elf kommt ein Bürger zu mir in die Wohnung und beschwert sich.«

»Eine Scheidung in Sicht?«

»Nein. Die hält der Besitz zusammen.«

»Fiel er dir sonst noch auf?«

Borchert dachte nach.

»Eine ulkige Sache, Fritz. Ein kleiner Hochstapler ist er, dieser Menzel. Im Wohngebiet halten sie ihn für einen Ingenieur. Dafür gibt er sich auch aus. Dabei ist er Kraftfahrer und hat das Studium abgebrochen. Aber wenn du ihn am Sonntag siehst, nimmst du ihm alles ab. Kleider machen Leute.«

Kellermann nickte nachdenklich.

»Neigt er zum Jähzorn?«

Borchert nickte.

»Würde ich annehmen.«

»Hat er außereheliche Verhältnisse?«

»Wird von den Bürgern erzählt, obwohl die Frau wahnsinnig eifersüchtig sein soll.«

»Kommt er pünktlich nach Hause?«

»Kaum. Ich habe ihn, um ihn einmal antreffen zu können, viermal besuchen müssen.«

»Wann war das?«

»Vor drei Wochen.«

Alles paßt zusammen, dachte Kellermann. Was brachte nun Fichtel mit? Hat er Kalumpe erreicht? Die Techniker werden sich auch Menzels Wagen vornehmen müssen.

»Kalumpe«, las Fichtel auf dem Türschild. Seinem Klingeln folgten schnelle Schritte.

»Guten Tag«, sagte eine junge Frau, die die Tür öffnete.

Fichtel grüßte zurück.

»Ich möchte zu Herrn Kalumpe.«

»Kommen Sie doch rein«, sagte die junge Frau. »Mein Vater ist im Wohnzimmer. Sie sind von der Volkssolidarität?«

Fichtel sagte nichts.

Kalumpe saß in einem Rollstuhl am Fenster. Er hatte dichtes weißes Haar und flinke blaue Augen.

»Guten Tag«, grüßte Fichtel und wies sich aus.

Kalumpe pfiff durch die Zähne.

»Zu mir?«

Fichtel nickte.

»Vielleicht können Sie uns helfen?«

»Ich?«

»Ja. Waren Sie am siebenundzwanzigsten August zu Hause?«

»Aber ja.«

»Saßen Sie zwischen zwölf und eins am Fenster?«

»Saß ich.«

»Woher wissen Sie das so genau?«

»Da ist doch der Trabant auf den Wartburg gebrummt. Ich hab' Ihren Kollegen von der Verkehrspolizei helfen können.«

»Dann haben Sie auch einen Laster gesehen, der repariert wurde?«

»Einen Laster?«

»Ja. Dicht am Kino.«

»Da stand keiner!«

»Sie sind völlig sicher?«

»So wahr ich Eugen Kalumpe heiße! Kein Auto hat da geparkt. Und ein Laster erst recht nicht. Ihre Kollegen werden das doch auch wissen, die waren bei dem Unfall. Drei weiße Mäuse.«

»Na dann los!« sagte Kellermann zu Fichtel.

Menzel betrat wieder das Zimmer.

»Sie werden uns etwas erklären müssen, Herr Menzel«, begann Kellermann. »Am siebenundzwanzigsten August hatten Sie keine Panne zwischen zwölf und eins. Neben dem Kino Solidarität wurden Sie nicht gesehen. Wenn Sie Ihr Alibi nicht präzisieren können, jetzt, in diesem Augenblick, dann behalten wir Sie hier. Das ist Ihre Lage.«

»Das können Sie nicht, daß . . .«

»Wir können«, erwiderte Kellermann.

»Sie können mir keinen Mord in die Schuhe schieben . . . ich . . .«

»Ja, Herr Menzel?«

»Am siebenundzwanzigsten August habe ich Material bei Helbig abgeladen.«

»Material abgeladen?«

»Es war reine Gefälligkeit. Er hat mir schon geholfen, nun hab' ich ihm einen Gefallen getan. Sie wissen ja, wie schwer es ist, einen privaten Transport schnell über die Runden zu bringen.«

»Wer ist Helbig?«

»Er arbeitet bei uns im Stahllager. Andreas Helbig ... Ich mach' meine Arbeit sonst immer gut. Ich ...«

»Wo haben Sie abgeladen?«

Menzel nannte die Straße, die Hausnummer.

»Helbig wird es bestätigen«, murmelte Menzel. »Sie könn' ihn gleich fragen.«

»Dann müssen Sie weiter warten, Herr Menzel. Sie werden verstehen ...«

»Ich verstehe.« Menzels Stimme klang matt. »Natürlich verstehe ich das. Es ist ja meine Schuld.«

Fichtel erhob sich.

Menzel blickte zu Boden, hob nicht den Kopf.

Menzel ein Mörder? dachte Kellermann. Manchem Gewalttäter hätte er das Verbrechen nie zugetraut. Nie. Aber wenn das neue Alibi nicht bestätigt wurde, mußte er diesen Mann in Untersuchungshaft nehmen. Wegen Mordverdachts ...

Menzel hob den Kopf.

»Werden Sie das mit ... dem Materialtransport ... ich meine ...«

»Ich kläre ein Gewaltverbrechen auf«, entgegnete Kellermann scharf. Dann ließ er Menzel in einem anderen Zimmer warten.

Fichtel betrat Kellermanns Zimmer, ohne anzuklopfen.

Ehe Fichtel zu sprechen begann, glaubte Kellermann zu wissen, daß Menzel nicht der Täter war.

»Das Alibi stimmt«, hörte er Fichtel sagen. Da kam der Anruf vom Dezernat Kriminaltechnik. Die im Zimmer Marie Amplers gesicherte Handschuhspur war in den Autos von Schaaf, König und Ruprecht nicht nachweisbar. Allerdings war festzustellen, daß Ruprecht, der einen dunkelgrünen Lada 1600 besaß, den Wagen einschließlich der Reifen einer gründlichen Reinigung unterzogen hatte, wobei er den Schwerpunkt auf das Innere des Wagens gelegt haben mußte. So wies auch das Lenkrad keine Pappillarleistenspuren auf. Im Auto konnte jedoch ein leicht ausgerissenes menschliches Kopfhaar gesichert werden, das eine Länge von drei Zentimeter aufwies und für die Vergleichsarbeit geeignet schien. Auf dem Beifahrersitz konnte ein weiteres haarähnliches Gebilde festgestellt werden. Haarproben waren daher eingeholt worden von Ruprecht, seiner Frau, seiner Tochter. Weiterhin war auf dem Rücksitz der Teilabdruck einer Daumenballenpartie gesichert worden und auf dem Beifahrersitz eine einzelne blaue Faser. Die Analyse der Spuren lief noch.

16 Windig

Windig saß auf dem gleichen Stuhl, auf dem sie schon alle vor ihm gesessen hatten, Schaaf, König, Ruprecht, Zechendorf. Er war hochgewachsen und sehr schlank. Sein Gesicht war beinahe ebenmäßig.

Kellermann mochte keine schönen Männer. Als ich ihn sah, dachte Kellermann, habe ich sofort den Gedanken gehabt, daß ein Kellner den Raum betrat, ein schneller Kellner, ein »cleverer« Kellner, wie man so schön sagt. Da war es, das »Kellnerlächeln«, bevor der Zettel mit der Gesamtsumme am Ende auf einen kleinen Teller gelegt wird, freundlich verdeckt durch eine Serviette.

Aber das Lächeln war gequält, nicht echt. Kellermann sah die Vorsicht in diesem Gesicht, eine abwartende Vorsicht.

»Sie sind Christian Windig?« Es folgte das Geburtsdatum und die Wohnanschrift. »Sie arbeiten in der ›Weintraube‹?«

»Ja«, sagte Windig. Kellermann schien es, als ob Windig sich duckte bei seiner Frage, als ob er einen Schlag erwartete.

»Ein gutes Lokal«, bemerkte Kellermann.

Windig duckte sich nicht mehr, sein Körper hatte sich gestrafft, aber er wirkte verunsichert, obwohl er diesen Zustand offensichtlich verbergen wollte.

Schweigen.

»Kennen Sie Marie Ampler?« fragte Kellermann.

»Wen, bitte?«

»Marie Ampler«, wiederholte Kellermann, beugte sich vor und hielt das Foto der Toten hoch.

Auf den Wangen Windigs zeigten sich rote Flecke, seine Augen irrten über das Bild, dann zu Kellermann und weiter zu Fichtel, der auf einem Stuhl saß und sich mit den Armen auf die Rückenlehne stützte.

»Ich kenne dieses Mädchen überhaupt nicht«, verteidigte sich Windig.

»Überhaupt nicht?« fragte Fichtel. »Sie sehen sie zum ersten Mal?«

Windig hüstelte, dann räusperte er sich. Mit den Händen strich er sich über die Oberschenkel, ließ sie dann auf den Knien ruhen, umschloß diese, wobei die Finger wie eine Klammer wirken mußten.

Er saß mit gerunzelter Stirn.

»Ja . . .« sagte er.

»Ja?« fragte Kellermann. »Sie kennen sie doch?«

»Ich habe sie gesehen . . . ich . . .«

»Wo?« fragte Kellermann mit unbewegtem Gesicht.

»Sie war in der Zeitung«, sagte Windig langsam. »Ihr Bild. Sie ist tot, ja?«

»Wieso ist sie tot?« fragte Fichtel.

Windig hustete wieder.

»Na ja, wenn ihr Bild in der Zeitung ist und keiner weiß, wo sie sich aufhält.«

»Da muß sie tot sein?« fragte Kellermann schnell.

Windig zuckte mit den Schultern. Kellermann betrachtete ihn nachdenklich.

»Haben Sie zu Hause ein Telefon, Herr Windig?«

Windig nickte.

»Warum?«

»Wenn Sie an den siebenundzwanzigsten August denken, Herr Windig, an die Zeit zwischen sieben und dreizehn Uhr. Wo waren Sie da?«

»Am siebenundzwanzigsten August? Vormittags war ich sicher zu Hause und dann im Dienst.«

»Hm«, brummte Kellermann.

»Versuchen Sie sich zu erinnern, wo Sie zwischen zwölf und ein Uhr waren, Herr Windig«, warf Fichtel ein.

»Soll ich etwa was mit der« – Windig zeigte auf das Foto – »zu tun haben?«

»Das prüfen wir, Herr Windig.«

»Also ich war zu Hause. Mein Dienst beginnt erst am Nachmittag. Das sag' ich Ihnen doch!«

»Hat Sie jemand gesehen?«

»Wie soll mich jemand gesehen haben?« fuhr Windig auf. »Ich bin mal auf den Balkon gegangen, aber ob das jemand gesehen hat?«

»Es wäre schon in Ihrem Interesse«, sagte Kellermann. »Sie ersparen sich Unannehmlichkeiten.«

Kellermann rückte zwei Bleistifte gerade, die auf seinem Schreibtisch lagen und von denen der eine nicht gespitzt war.

Windig schien wieder nachzudenken.

»Sie sind nicht zufällig kurz vor zwölf in Ihren Shiguli gestiegen?« fragte Fichtel.

»Ich war zu Hause! Ich sag' es Ihnen doch!«

»Wir müßten Ihr Auto hier behalten, Herr Windig. Es ist in Ihrem Interesse. Bitte stimmen Sie zu.«

»Was? Jetzt?«

»Ja. Haben Sie Lederhandschuhe im Auto?«

Windig nickte. Er war sehr bleich.

Ein kurzes Klopfen: Oberleutnant Rascher.

»Königs Alibi ist echt. Ich habe drei Zeugen aufgetrieben.«

Kellermann winkte ab.

»Sichere?«

»Absolut, Fritz. Hundertprozentige.«

»Gut, Dieter, nachher genauer.«

Er blickte auf die Uhr. In wenigen Minuten wollte Sägebrecht kommen, der Kaderleiter Windigs.

Sägebrecht kam auf die Minute. Ein ehemaliger Offizier, dachte Kellermann. Unverkennbar, die Haltung, der Gang.

»Arbeitsmäßig liegt nichts an«, begann der Kaderleiter. »Zur Zeit keine Disziplinarstrafe. Was wollen Sie genau wissen?«

»Wie sieht es mit Frauen aus?« begann Kellermann.

Sägebrechts Zunge glitt über die Lippen.

»Da hat Kollege Windig Probleme. Ein Windhund.«

»Inwiefern?«

»Na ja, an zwei Frauen zahlt er Alimente.«

»An zwei?« fragte Kellermann überrascht.

Sägebrecht lachte auf.

»Und noch Zwillinge dabei. Er wird von den Kollegen schon gehänselt. Mach nur so weiter, sagen sie, und sie pfänden dir dein ganzes Gehalt. Dabei lebt Windig auf großem Fuß.«

»Woher?« warf Kellermann ein.

»Vielleicht eine Erbschaft«, bemerkte Sägebrecht. Bei ihm oder bei der Frau. Wer weiß es.«

Zweimal Alimente, dachte Kellermann, als Sägebrecht gegangen war. Zweimal. Für drei Kinder. Wenn nun ein neuer »Fall« dazugekommen wäre, ein Kind Marie Amplers? Und wenn es keine Erbschaft gab? Wenn Marie Ampler einen Grund zur Erpressung gefunden hätte? Prozesse gab es genug gegen Angehörige des Gaststättenwesens. Und die Strafen waren hoch. Das wußte Windig, und Windig liebte das Leben. Wenn die Furcht vor dem Gefängnis zusammenfiel mit der Furcht vor dem vierten Kind? Wenn ihn zwei Frauen erpreßten, die eigene und Marie? Entsprang dieser Furcht das Motiv? Nur wenn sie einen Bürger ermittelten, der Windig am 27. August zwischen zwölf und eins gesehen hatte, würde es ihn von dem Verdacht befreien. Nur wenn es jemanden gab, der seine Anwesenheit in der Wohnung bestätigen konnte, glaubhaft bestätigen.

Kellermann rief Rascher an.

»Es geht um Windigs Alibi. Klinkenputzen, Dieter, in Windigs Straße. Wohnung für Wohnung. Wir dürfen keine Möglichkeit unversucht lassen. Wer hat ihn gesehen? Frage Rentner und Schichtarbeiter, frage in der Nähe seiner Garage. Du weißt schon. Vielleicht hat ihn einer gesehen zwischen zwölf und eins.«

Wenn sie keinen fanden, gehörte Windig weiter zum Kreis der Verdächtigen.

Vielleicht brachte sie auch schon die Untersuchung seines Autos weiter. Was hatte nicht das Stereomikroskop schon alles ermittelt, das eine Bildvergrößerung bis aufs Hundertfache ermöglichte . . .

Er dachte an die Mordsache Öttel. Der Täter hatte das Auto innen gründlich gereinigt, und doch konnten Spuren des Opfers ermittelt werden, die mit der Lupe nicht sichtbar geworden wären.

17 Die Freundin

Rita betrat das Zimmer, Rita, die noch einmal alles überprüft hatte, was den genauen Zeitpunkt von Maries Schwangerschaft betraf und somit den Monat Mai.

»Ja, Rita?« fragte Kellermann.

»Dieser Zeitraum im Mai, Fritz, diese Ferienwoche, in ihr könnte sie schwanger geworden sein. An den anderen Tagen im Mai war sie zu Hause bei der Tante, wenn sie aus der Schule kam, oder lernte mit Klassenkameradinnen. Außer den Tagen in der Ferienwoche konnte ich die anderen überprüfen, auch die Wochenenden. Es ging besser, als ich dachte.«

Kellermann erstarrte, denn er dachte bei Ritas Worten sofort an die Freundin, an diese Karin Groß in Gera, an ihr seltsames Verhalten bei der Befragung, als es um den Urlaub ging im Bungalow an der See.

Dann wußte diese Karin mehr! Viel mehr!

Aber warum schwieg sie? Er würde noch einmal, aber härter mit ihr reden müssen, das wußte er nun, und er würde es sofort morgen tun und in aller Frühe. Er wollte nicht Rita schicken, nicht Dieter, nicht Peter, er wollte allein zu ihr fahren.

Das Telefon surrte. Fichtel hob ab, weil Kellermann nicht zum Hörer griff. »Eine Frau Schmidt, Fritz. Will eine Aussage machen in der Mordsache Ampler.«

»Sie sollen sie hochbringen.«

»Setzen Sie sich doch, Frau Schmidt.«

Kellermann wies auf einen Stuhl und musterte die füllige Frau, deren Augen unruhig das Zimmer zu durchforschen schienen. Sie mochte in den Fünfzigern sein.

»Sie wollen eine Aussage machen?«

Die Frau nickte.

»Ich habe das in der Zeitung gelesen . . .«

Kellermann nahm ihre Personalien auf.

»Bitte«, sagte er dann.

»Es geht um Herrn Windig«, begann die Frau erregt. »Er hat meiner Tochter nachgestellt.«

»Wie alt ist Ihre Tochter?«

»Achtzehn.«

»Hm . . .«, brummte Kellermann.

»Er hat es schon getan, als sie noch nicht einmal sechzehn war«, erklärte die Frau.

Das kann nur der Anfang sein, dachte Kellermann, die Frau weiß mehr, man kann es ihr ansehen, daß sie auftrumpfen will.

»Ich habe den Herrn Windig mit dem Mädchen gesehen, das in der Zeitung war!«

»Wo?« fragte Kellermann überrascht.

»In seinem Auto!«

»Und wann war das?«

»Am sechsundzwanzigsten August. Ich war auf dem Weg zur Rolle.«

»Stieg das Mädchen aus?«

»Nein. Sie fuhren an mir vorbei.«

»Um welche Zeit war das?«

»Gegen neunzehn Uhr dreißig.«

»Da war es dunkel.«

»Ja. Aber die Straße war gut beleuchtet. Es war die Goethestraße.«

»Das Auto ist nur an Ihnen vorbeigefahren?«

»Ja.«

»Und trotzdem haben Sie Fräulein Ampler erkannt?«

»Am Haarschnitt.«

»Den haben viele Mädchen in unserer Stadt.«

»Aber sie war es. Er hat was für junge Dinger übrig, für ganz junge.«

»Sie äußern einen schweren Verdacht, Frau Schmidt. Sind Sie sich ganz sicher, daß es das Mädchen aus der Zeitung war? Sie unterschreiben ein Protokoll.«

Die Frau blinzelte Kellermann an, und nun erst bemerkte er, daß sie kurzsichtig war.

Ich muß ihr Zeit zum Überlegen lassen, dachte Kellermann. Ihre Aussage darf nicht nur einem Verdacht entspringen oder einem Rachegefühl. Aber wenn sie bei ihrer Aussage bleibt, würde Windig ein zweites Alibi brauchen.

»So hundertprozentig . . .«, stammelte die Frau. »Ich wollte überhaupt mal etwas zu diesem Herrn Windig sagen . . . ich . . .«

Kellermann nickte.

»Das ist richtig, Frau Schmidt. Wir danken der Bevölkerung für jeden Hinweis, auch wenn er noch so klein ist.«

Müde kam Kellermann nach Hause. Im Bett hörte er Mariannes Atemzüge. Sie schlief tief und fest, nur einmal, in einem plötzlichen Augenblick des Halbschlafes, tastete ihre Hand nach ihm, blieb auf seinem Arm liegen.

Marianne . . .

Hatte er sie glücklich gemacht? Es gab Momente, wo er zweifeln konnte. Plötzlich dachte er an Fichtel, der losgestürzt war, weil er Blumen brauchte. Hochzeitstag! Hochzeitstag? Hatte er immer an diesen Tag gedacht, ihn im Kalender, der auf seinem Schreibtisch lag, vermerkt?

Er versuchte sich zu erinnern an einen solchen Tag. Aber wieder fiel ihm nur der ein, der mit einem Toten verbunden war: Der Taxifahrer, erschlagen in seinem Auto, das am Stadtrand gefunden worden war. Marianne hatte damals Freunde eingeladen, die schon warteten. Sie mußten allein feiern, denn Bullesbach war krank, und Kellermann führte die MUK.

Der Täter mußte Handschuhe getragen haben, denn sie fanden keine Fingerabdrücke, aber sie fanden eine zerbrochene Brille, ein Gestell und zwei Gläser, eine Brille, die, das wurde schnell ermittelt, nicht dem Toten gehörte. Die Brille des Täters?

Die Brille war die einzige Spur gewesen. Sie blieb auch die einzige! Anhand des Gestells konnte man das Alter der Brille ermitteln, aber das interessanteste waren die Gläser gewesen. Verschiedene Stärken, stellte der Optiker fest, nicht alltägliche Stärken.

Bullesbach entschied damals, daß alle Rezepte mehrerer Jahre, die gebündelt in einem Keller der Sozialversicherung lagen, geprüft werden mußten. Und Kellermann wollte mit Marianne nach Prag! Aber an diesem Wochenende führten sie einen Großeinsatz durch, fünfundzwanzig Kriminalisten und achtzehn Angestellte der Sozialversicherung.

Sie entdeckten den Schein am Sonntag, noch ehe der Fußball im Fernsehen begann. Die Brille hatte sie zum Täter geführt, genauer gesagt, zu den Tätern, denn der Verhaftete verriet, ohne zu zögern, den Namen seines Komplizen.

Der Mordfall Gumplach also. Ein Hochzeitstag . . . Eine Reise, die lange geplant gewesen war, aber nicht angetreten werden konnte.

Marianne hatte ihm keine Vorwürfe gemacht.

Er streichelte die Hand auf seinem Arm, aber Marianne erwachte nicht. Sie wandte ihm nur ihr Gesicht zu, aber er bemerkte, daß es im Schlaf geschah oder im Traum.

Plötzlich blinzelte sie.

»Du liegst wach, Fritz?« fragte sie leise.

»Ja«, antwortete Kellermann.

Sie schlug die Augen auf.

»Wegen Heike habe ich mit dem Arzt gesprochen, Fritz. In vier Tagen kommt sie ins Krankenhaus.«

Kellermann erschrak, denn er hatte nicht an seine Tochter gedacht. Aber sie konnte wohl lesen in seinem Gesicht.

»Du kommst in diesem Fall nicht weiter, Fritz?«

»Doch. Aber er ist nicht leicht.«

»Du mußt schlafen, Fritz.«

Sie streichelte über sein Gesicht. »Du brauchst den Schlaf!«

»Ja, ja«, sagte Kellermann. »Das ist leicht gesagt.«

»Es ist nicht leicht gesagt, Fritz.«

Kellermann schwieg. Sie lagen auf der Seite und sahen sich im Dunkel an, weil das Mondlicht, das durch die Gardinen fiel, das Zimmer schwach erhellte.

So lagen sie minutenlang.

»Soll ich zu dir kommen, Fritz?« fragte Marianne leise.

Kellermann nickte, und noch ehe sie in seine Arme glitt, dachte er an Karin Groß, denn er mußte noch einmal zu ihr, er konnte nicht Fichtel schicken oder Rita, er selbst mußte zu ihr . . .

18 Die Sintflut

Es war das gleiche Werk in Gera, der gleiche Raum, nur lag die Begegnung Tage zurück. Heute standen die Zeiger der Betriebsuhr auf fünf Minuten nach sieben.

»Ich wußte, daß Sie es rauskriegen«, sagte Karin Groß leise, nachdem sie den Raum betreten und sich gesetzt hatte. »Ich wußte es.«

Kein Muskel zuckte in Kellermanns Gesicht, obwohl ihn bei ihren Worten eine Spannung erfüllte, wie er sie bei einem Verhör verspürte, wenn der Täter dicht vor der Aussage stand. Was würde sie ihm sagen?

»Aber allein wären Sie nicht gekommen«, antwortete er und gab seinen Worten einen gleichgültigen Klang. »Dann beginnen Sie mal«, sagte er und ahnte, daß die Aussage des Mädchens ein Tor sein konnte, das, wenn sie es aufstieß, den Weg zum Täter freigab.

Das Mädchen blickte zu Boden. Röte überzog ihr Gesicht.

»Sie wissen's doch«, sagte sie leise.

»Aber ich will es von Ihnen selbst hören.«

»Ja, ich bin nicht im Mai mit Marie im Bungalow gewesen. Wir haben das meinen Eltern nur gesagt, damit ich mit Detlev zelten konnte.«

»Detlev?«

»Mein Freund. Mein Vater mag ihn nicht. Solange ich noch in seiner Wohnung lebe, sagt er, gibt's das nicht.«

»Marie Ampler war also allein?«

»Ja.«

»Und den Mann lernte sie dort kennen?«

Das Mädchen nickte.

»War er es gewesen?« fragte sie hastig. »Dieser Mann?«

Kellermann schwieg.

»Er war dort oben?« begann er wieder.

»Ja.«

»Wie lange?«

»So lange wohl wie Marie. Er hat ihr sogar ein Gedicht geschenkt oben. Aber ich weiß nur das über ihn, was ich schon gesagt habe. Der hatte dort oben wenig Zeit für sie. Aber Marie hatte sich mächtig verknallt. Der ist so klug, sagte sie. Aber so 'n alter Kerl, um die Vierzig, meinte ich. Der stellt wenigstens was dar, sagte Marie. Die Jungen haben nur ein großes Maul und nichts dahinter.«

»Sie haben uns viel geholfen«, sagte Kellermann.

»Ich?« fragte das Mädchen erstaunt. »Ich hab' Ihn' geholfen?«

»Ja«, antwortete Kellermann. »Aber wir haben Tage verloren.«

Doch die Schlinge wird enger, dachte er.

Nach seiner Rückkehr in die Bezirksbehörde ließ er alle zu sich rufen, alle fünf: Rascher, Cundius, Fichtel, Rita Havenstein und Fuchs.

Nun galt es festzustellen, wer auf Rügen gewesen sein konnte von den Verdächtigen, wobei König auszuklammern war.

Jeder bekam einen dieser Männer zur Überprüfung: Rascher Ruprecht, Cundius Menzel, Rita Zechendorf, Fuchs Schaaf und Fichtel Windig.

»Also los«, sagte Kellermann und erhob sich.

Nur Fichtel sollte noch bleiben, der sich mit Windig beschäftigt hatte.

Schweigend und mit schnellen, langen Schritten auf und abgehend, hörte Kellermann Fichtels Bericht. Wer, dachte er immer wieder, ist auf Rügen gewesen? Wer stellte eigentlich etwas dar? Und er dachte an einen Mann in besonderem Maße.

Dann zwang er sich zur Konzentration, um Fichtels Worten genauer folgen zu können.

Das Kollektiv der »Weintraube«, hörte er, sei ein gutes Kollektiv und Windig ein guter Kellner. Das Kollektiv sei beständig, und nur einmal, vor zwei Monaten, habe eine Kollegin gekündigt. Aber die sei nur zwei Monate in der »Weintraube« gewesen. Sie habe aus persönlichen Gründen gekündigt und wohl auch nicht in das Kollektiv gepaßt. Fichtel hatte sich die Adresse dieser Kollegin geben lassen, die Astrid Schinkel hieß, und er hatte sie gegen achtzehn Uhr besucht, weil er sie einbeziehen wollte in seine Routinebefragungen über Windig, da sie noch am 27. August in der »Weintraube« gearbeitet hatte und vielleicht etwas berichten konnte über Windigs Verhalten an diesem Tag.

»Nur Schlamm, Fritz«, bemerkte Fichtel.

»So? Erzähle!«

»Also ich weise mich aus bei dieser Astrid, und sie wird blaß, drückt sich an die Wand, ehe sie mich reinbittet. Ganz leise sagt sie zu mir: Ich habe damit nichts zu tun! Gar nichts! Ich war nur zwei Monate da und habe sofort gekündigt, als ich alles begriffen habe. Sie hat gezittert, Fritz. Also, sie bittet mich in das Wohnzimmer, und sie ist noch immer erregt. Sie haben mich rausgeekelt, sagt sie, als ich nicht mitmachen wollte. Sie drohten mir, sie würden zusammenhalten gegen mich, wenn ich etwas sagen würde, und sie würden mich belasten. Alle.«

»Hm«, knurrte Kellermann.

Fichtel fuhr fort.

»Sie war gleich bereit, mit zu uns zu kommen, um ihre Aussage zu machen. Als ich sie dann über das Verhalten Windigs an diesem Tag befragte, begriff sie, daß sie zu voreilig gesprochen hatte. Sie erklärte plötzlich, nichts gesagt zu haben. Sie hat Angst, das war deutlich zu erkennen.«

»Was sagte sie über Windig?« fragte Kellermann.

»Der wäre wie immer gewesen an diesem Tag. Nichts Besonderes sei zu bemerken gewesen. Er habe seine Späße gemacht. Wie sonst.«

»Gut«, folgerte Kellermann. »Die zurückgenommene Aussage bringt uns also höchstens auf eine Spur, was die ›Weintraube‹ angeht, aber nicht auf die, die wir verfolgen.«

»So ist es«, antwortete Fichtel. »Aber auch die Sache mit dem Lokal kann die Rache einer verlassenen Geliebten sein.«

»Das wird eine Tiefenprüfung klären«, sagte Kellermann und hob den Kopf. »Ich rede mal mit dem Chef.«

Er trommelte mit den Fingern auf der Tischplatte.

»Dann haben wir Windig auch schnell bei uns. Und seinen Wagen prüfen die Techniker gerade auf jedes Staubkorn. Ich werde gleich mal anrufen.« Kellermann wählte und hörte die Stimme Doktor Bauers.

Nachdem er aufgelegt hatte, sagte er zu Fichtel: »Teile von Fingerendgliedern konnten auf der Rückseite des Beifahrersitzes gesichert werden, ein Teilfingerabdruck an der Tür neben dem Beifahrersitz, ein haarähnliches Gebilde und zwei Fasern. Der Handschuhabdruck kann Windig nicht zugeordnet werden. Das haarähnliche Gebilde in Ruprechts Wagen untersuchen sie noch. Es ist sehr schwer verwertbar. Aber sie versuchen es.«

»Und Erde von dem Weg am Teufelsauge?« fragte Fichtel. »Wird daran auch gedacht? Die kleinste Spur am Reifen könnte uns helfen.«

»Ist bei allen gemacht worden«, antwortete Kellermann. »Nichts. Auch bei Windig.«

»Ruprecht . . .«, sagte Fichtel leise. »Du, sag mal, Fritz, sollten wir sicherheitshalber nicht auch die Autos von Zechendorf und Menzel untersuchen lassen?«

»Warten wir noch ab, was ihr aus Rügen mitbringt, Peter. Vielleicht wird das nicht nötig sein. Und vielleicht werdet ihr sogar die Schreibmaschine finden.«

Kellermann erhob sich, ging zum Fenster und blickte in den Regen.

»Eine Sintflut!«

Fichtel lachte auf, bevor er sprach. »Die Flut, die die Sünden hinwegspült, Fritz, und die Menschen, die sie begehen.«

»Sie spült sie uns zu«, sagte Kellermann. Er dachte an den Mörder. Dort, auf Rügen, hatte er sich vielleicht noch nicht so vorgesehen wie hier. Wie hätte er auch damals wissen können, daß er sie einmal töten würde, die Marie . . .

19 Das scharfe Auge

Kellermann preßte die Muschel an das Ohr. Fern, sehr fern hörte er Fichtels Stimme, der aus Bergen anrief. Es war zwei Minuten vor vier, und die Ermittlungen auf Rügen hatten schon einen Tag gedauert. Auf der Insel gewesen sein konnten Schaaf, der dreizehn Urlaubstage in Bansin verbracht hatte, Zechendorf als Teilnehmer eines Weiterbildungslehrganges in Bansin und Windig, für den ein Krankenschein vorlag, der sich aber im Zeitraum von zwei Wochen nur einmal beim Arzt hatte vorstellen müssen und dessen Frau zur Kur gewesen war. Und wenn sie an die Wochenenden dachten, gehörte auch Ruprecht zu dem Kreis der Verdächtigen. Doch seit einer Stunde hatte Schaaf ein Alibi. Ein Busfahrer hatte den grünen Shiguli gesehen, als er langsam an ihm vorbeigefahren war.

Wenn Fichtel anrief, wenn er jetzt anrief, war Marie Ampler mit einem Mann gesehen worden, denn mit Fotomontagen waren sie losgefahren, die Marie Ampler jeweils mit einem der fünf Männer zeigten.

»Wir haben ihn«, hörte er Fichtel sagen. »Wir haben die Fotos einer großen Zahl von Menschen vorgelegt, in Sellin, in Bansin, in Göhren, in Baabe, in Kaufhallen, an Tankstellen, in Gaststätten. Ohne zu zögern, zeigte ein Tankwart auf ein Foto. Er konnte sich an den Tag erinnern, wo er den Mann mit dem Mädchen gesehen hatte, weil er sein letzter Kunde vor dem Unfall gewesen war, der am Ortsausgang geschah. Es wäre der siebente Mai gewesen und kurz vor siebzehn Uhr. Ein Fischer in Thissow hatte beide gleichfalls gesehen, als sie aus dem Shiguli stiegen, der grün gewesen sei.«

Dann hörte Kellermann den Namen.

»Hättest du an ihn gedacht?« fragte Fichtel in die Pause hinein, die nun entstanden war.

»Ich hatte einen Verdacht, als wir nach dem Motiv suchten«, antwortete Kellermann. »Er schien das zwingendste zu besitzen. Aber dann hatte ich ihn vedrängt.«

Wieder hörte Kellermann Fichtels Stimme.

»Nicht er muß seine Unschuld beweisen, Fritz, sondern wir seine Schuld.«

»Das eben wird das Problem«, sagte Kellermann.

Er blickte auf die Uhr.

»Fährst du jetzt zurück?«

»Jetzt, Fritz. Auf der Stelle.«

»Dann verhören wir ihn morgen gemeinsam. Übrigens: Schaaf hat sein Alibi.«

Der Mann, der Schaaf hieß, verließ den VEB Ifa-Vertrieb. Er war froh in den letzten Tagen, wenn er nicht mehr an seinem Schreibtisch sitzen mußte, weil er sich nicht mehr zu konzentrieren vermochte. Auch nachts lag er wach. Stunde um Stunde . . .

Was wußte die Kripo? Wann verhafteten sie ihn? Spielten sie mit ihm wie die Katze mit der Maus? Sie fanden also keinen Zeugen für sein Alibi, denn sie hatten ihn wegen des Urlaubs in Bansin befragt. Aber vielleicht waren diese Fragen nur eine Tarnung, damit sie weiter ermitteln konnten gegen ihn, bis sie die Bestechungen aufdecken konnten.

Er spürte den Schweiß auf der Stirn und im Nacken. Was wußten sie wirklich? Was wußte dieser Hauptmann, der so jung war und so hastig sprach?

Leibnitz ging an seinem Auto vorbei und blickte sich verwundert um.

Verflucht, dachte Schaaf. Ich muß starten. Blickten ihn nicht schon alle so anders an? Was wußten sie? Vernichten wollten sie ihn. Seinen Platz wollten sie haben!

Und Leibnitz? Hatte die Kripo nicht auch diesen Leibnitz vorgeladen! Vera erzählte, Leibnitz wäre bei der Kripo gewesen. Nur Leibnitz schwieg. Nie hatte er ihn gemocht, diesen Karrieristen. Alles Geschwätz, was er vorbrachte, alles nur Neid.

Plötzlich begann sein Herz zu rasen, so schnell, daß er stoßweise atmen mußte.

Gerichtsberichte hatte er gelesen in den letzten Tagen, Urteile. Sie alle waren nicht dumm gewesen, gewiß nicht, sie alle hatten an keine Entdeckung geglaubt, und doch . . .

Brach ihm dieses Flittchen das Genick? Nie hätte er sie in seinem Auto mitnehmen dürfen.

Er erschrak, als er ein Hupen in seinem Rücken hörte. Hinter ihm konnten sie nicht fahren, weil er übersehen hatte, daß die Ampel auf Grün stand.

Nur Gas geben!

Jetzt konnte er nicht zu Heidrun zurück, er mußte allein sein, er mußte raus aus der Stadt, irgendwo am Feldrand aussteigen, atmen. Nur raus aus der Stadt.

Er sah die Turnhalle, als er die Stadt verließ, ehe der Wald begann und die Felder.

Beinahe instinktiv gab er Gas, als er am Teufelsauge vorbeifuhr, diesem Tümpel, den man von der Straße aus, weil er tief im Wald lag, nicht sehen konnte. Er trat das Gaspedal durch.

Schaaf verkrampfte die Hände so um das Lenkrad, daß seine Knöchel weiß wurden. Er erschrak, als sein Blick auf die Tachometernadel fiel: 100 Stundenkilometer. Er nahm den Fuß vom Gaspedal.

Nur nicht noch einmal auffallen, sie noch zusätzlich aufmerksam machen. Sie durften seine Angst nicht sehen, seine Unruhe, weil sie dann wissen würden, daß sie ihn zerbrechen konnten, wenn sie die Spannung in ihm bis ins Unerträgliche steigerten.

Warum hatten sie Heidrun befragt?

Und warum wollte sie plötzlich wissen, was er an drei Tagen getan hatte in seinem Urlaub?

Er atmete immer hastiger.

Welche Zeugen hatten sie?

Wenn sie ihn früh verhafteten, noch ehe er sein Zimmer betrat? Ein Schaaf in Handschellen? Ein Schaaf in einem Gefängnis? In einer Zelle zusammen mit zwölf Männern und mehr? Das war unfaßbar! Was konnte er tun? Er konnte nichts mehr tun! Nur noch warten, ob sie ihn holten oder nicht.

Schaaf bremste scharf und bog in einen Feldweg ein, auf dem der Wagen weiterholperte.

Ich halte es nicht mehr aus, dachte er und hielt an. Mit keinem mehr reden können, mit keinem Menschen mehr!

Er preßte die Stirn an das Lenkrad, blieb sitzen in dieser Stellung. Noch einmal zu diesem Kellermann, dachte er dabei, und ich gestehe alles, was ich getan habe.

Im linken Arm begann ein Schmerz, der noch zu wandern schien bis zu seinem Herzen, es war ein ihm bis dahin unbekannter Schmerz.

Seine Lippen bebten. Wieder der Schaaf sein können, der er vor zehn Jahren gewesen war! Lebenslustig, sorglos. Zehn Jahre eines Lebens löschen können wie mit dem Radiergummi eine Bleistiftzahl! Als »kleiner Mann« leben, aber sorglos oder nur mit kleinen Sorgen, die der Alltag immer brachte.

Der Schmerz wurde sehr stark, und er fürchtete, daß er das Lenkrad nicht würde halten können. Aber er mußte zurück, denn was sollte er sonst Heidrun sagen, wo er gewesen war. Heidrun, die ihn beobachtete, immer dann, wenn sie glaubte, daß er es nicht sah! Ihn verhörten die Männer einer Mordkommission, die besten Polizisten, die es wohl gab.

Dieses verfluchte Mädchen! Mit ihr hatte alles begonnen. Er saß noch immer über das Lenkrad gebeugt, und als er den Kopf hob, war er erstaunt, daß es schon zu dunkeln begann.

Er blickte auf die Uhr. Es war achtzehn Uhr dreißig und höchste Zeit.

Als er auf der Straße fuhr, trat er das Gaspedal durch.

Kellermann las ein Protokoll, die Befragung, die Windig vom Verdacht befreite und ihm ein Alibi verschaffte.

Aussage von Birgit K., tätig als Disponentin des VEB Baustoffversorgung:

Birgit K.: Ja, den Herrn Windig habe ich am siebenundzwanzigsten August mittags auf seinem Balkon gesehen.
Frage: Wann war das?
Birgit K.: Viertel nach zwölf. Dann ging er wieder rein und kam nach einer Viertelstunde noch mal auf den Balkon.
Frage: Sie waren zu Hause?
Birgit K.: Ich war krank geschrieben.
Frage: Hat noch jemand Herrn Windig gesehen?
Birgit K.: Ja, meine Schwiegermutter.

Kellermann saß und grübelte. Und er erkannte immer deutlicher, daß es nur dieser Mann gewesen war, an den er immer gedacht hatte. Aber die Indizien würden nicht reichen für eine Verhaftung. Also ein Bluff bei der Vernehmung? Dann werden wir ihn nicht holen, sondern nur telefonisch zu uns bitten . . .

Als er nach Hause kam, war die Wohnung schon dunkel. Sie schliefen sicher beide schon lange, Marianne und Heike. Er trank noch ein Bier und einen Korn und blieb für einige Minuten im Sessel des Wohnzimmers sitzen. Er war erschöpft. Als er sich auszog, spürte er einen leichten Kopfschmerz, der auch, nachdem er sich kalt geduscht hatte, nicht weichen wollte.

Im Dunkeln tastete er sich vorsichtig zum Schlafzimmer, und beinahe geräuschlos drückte er die Klinke nieder.

Endlich im Bett, dachte er, als er sich zudeckte.

»Wir hören uns nur noch, Fritz, weil wir nur im Dunkeln zusammenkommen«, sagte Marianne.

»Du bist wach?« antwortete er überrascht.

»Wie weit bist du in diesem Fall, Fritz?«

»Man kann es manchmal nicht genau sagen«, antwortete Kellermann, »ob man den Täter zum Geständnis bringt.«

»Soweit ist es?«

»Ja«, sagte Kellermann. »Aber er hat ein Alibi.«

Er spürte, wie sie nach seiner Hand tastete, und er umschloß ihre Hand. Dann schwiegen sie beide. Er war froh, wenn sie nicht fragte, wenn sie begriffen hatte, daß er nicht sprechen wollte.

»Ich mag solche Minuten, Fritz.«

Kellermann wandte ihr sein Gesicht zu.

»Ja?«

»Ja, Fritz. Habe ich dir das nie gesagt?«

»Nein.«

Als er schon dachte, daß sie wieder eingeschlafen sei, begann sie zu sprechen.

»Oft bewundere ich euch, Fritz, dich und die anderen. Ihr bekommt einen Fall, wo es keine Spur zu geben scheint, und doch löst ihr ihn.«

Kellermann winkte ab.

»Da gibt es so einen Spruch von Brecht, den hat ein Dozent an der Uni gebraucht. Den Spruch habe ich nie vergessen.«

»Wie heißt er, Fritz?«

»Meine Ziehmutter wusch mich mit Gossenwasser. Davon kriegte ich ein scharfes Auge.«

Marianne lachte.

»Brecht hat bestimmt nicht an euch gedacht, als er diesen Satz schrieb.«

»Aber er paßt zu uns.«

»Weil eure Arbeit euch mit dem Wasser der Gosse wäscht?«

Kellermann schmunzelte.

»Es wird sehr früh bei mir morgen, Marianne. Ich stell' dir den Wecker.«

Ihre Hand blieb in seiner Hand, auch als er schlief und leise zu schnarchen begann.

V

20 Der Morgen

Kellermann hörte den Wecker. Im Gegensatz zu Marianne war er sofort wach.

Marianne gähnte, schlug die Augen auf und lächelte.

»Weißt du, was mir gestern passiert ist, Fritz?«

»Nein.«

»Ich habe verschlafen. Mein lebender Wecker hat mir gefehlt. Es ist nicht gut, wenn du früher gehst als ich. Ich schlafe zu fest.«

»Na und?«

»Ich mußte um zehn Uhr in Cottbus sein.«

»Da hast du den Zug verpaßt?«

»Hab' ich. Ich bin gar nicht erst zum Bahnhof gegangen. Und ich hatte schon die Fahrkarten gekauft.«

»Was hast du gemacht?«

»Ich hab' unser Auto genommen.«

»Und die Fahrkarten?«

»Habe ich vergessen zurückzugeben, Fritz. Die muß ich abrechnen.«

»Die sind doch nicht gelocht?«

»Das macht nichts.«

Sie erhob sich und streifte das Nachthemd über den Kopf, so daß sie nackt vor ihm stand.

»Benzin ist dann meine Sache, Fritz. Was siehst du mich denn so an? Das kann jedem passieren. Und einmal in zwanzig Jahren.«

»Ja, ja«, antwortete Kellermann, aber ihm war ein Gedanke gekommen, der ihn nicht losließ, ein Gedanke, der eine Kette von Kombinationen auslöste.

Er hörte Marianne seinen Vornamen rufen.

»Ja, ja«, sagte er.

Wenn sie sich beide zur gleichen Zeit im Bad wuschen, tat er es über der Wanne und sie am Waschbecken.

Kellermann verspürte den Drang nach einer kalten Dusche, nach einem eiskalten Wasserguß.

Noch immer grübelte er, als er minutenlang unter dem eiskalten Strahl der Dusche stand.

Marianne war nach ihm in das Bad gekommen. Sie lachte. »Du warst eben so seltsam, Fritz. Du warst im Zimmer, aber warst ganz fern. Du hattest auf jede Frage nur ›ja, ja‹ als Antwort. Was war denn?«

»Mir kam da so ein Gedanke.«

Marianne begann sich zu waschen.

»Wenn du meinst«, sagte sie.

Er ließ das Wasser von seinem Körper abtropfen und begann sich mit dem Handtuch trockenzureiben.

»Manchmal«, sagte er langsam, »da kommt einem ein Gedanke, der schon lange hinter der Stirn lauerte, den man nur noch nicht weitergedacht hat. Plötzlich ist er da.«

»Maigret Kellermann«, lachte Marianne.

»Hör mit diesem Namen auf«, sagte Kellermann.

»Darf ich dich weiter ansprechen, Fritz, oder . . .«

»Ja, ja«, antwortete Kellermann und, schon wieder in Gedanken, blickte er Marianne an, die sich beinahe ausschütten wollte vor Lachen.

»Eben sagte ich es noch«, lachte sie.

Kellermann schüttelte den Kopf. Warum hatte er diesen Gedanken nicht schon eher verfolgt? Und warum hatten sie nicht jeden Mann in der Garagengemeinschaft befragt, ob er ihnen einen Hinweis geben konnte? Sagte nicht Bullesbach immer, daß man, wenn man einen Verdacht habe, jedes, aber auch jedes Alibi anzweifeln müsse?

Sie frühstückten, ohne sich zu unterhalten, und Kellermann war froh, daß Marianne die Zeitung aus dem Briefkasten genommen hatte und die Traueranzeigen überflog, ehe sie sich den örtlichen, speziell auf ihre Stadt bezogenen Nachrichten widmete.

»Ein Sechzehnjähriger ist verunglückt«, sagte sie schaudernd und sprach mit vollem Mund, eine Angewohnheit, die Kellermann nicht mochte, genau wie die Zeitung beim Frühstück. Aber heute störte ihn nichts, und im Grunde war er sogar froh, daß Mariannes Aufmerksamkeit durch die Vielzahl der Traueranzeigen abgelenkt und so ein Gespräch vermieden wurde.

Kellermann blickte auf die Uhr.

»Ich muß gehen.«

Kellermanns Unruhe wuchs von Minute zu Minute.

»Aber du hast doch noch Zeit, Fritz?«

»Nein«, antwortete er. »Ich muß los.«

Er küßte sie flüchtig.

In der Bezirksbehörde setzte er sich nicht erst an seinen Schreibtisch. Er beauftragte Fichtel, alle Mitglieder seiner – Kellermanns – Garagengemeinschaft zu befragen, wer sehr früh am 27. August an seiner Garage gewesen war und vielleicht eine Beobachtung gemacht habe.

Kellermann nahm den Wartburg-Tourist.

Als er den Wagen startete, blickte er auf die Uhr.

Er kam schnell aus der Stadt heraus, weil er Glück hatte mit den drei Ampeln, und fuhr schon nach elf Minuten auf der Fernverkehrsstraße, wo er das Tempo sofort erhöhte.

Kellermann war ein sicherer Fahrer, aber heute fuhr er auf Risiko, obwohl er nicht sicher war, ob Bullesbach eine solche Fahrweise gebilligt hätte. Er fuhr dort achtzig, wo sechzig erlaubt waren, und nur in den Ortschaften hielt er die geforderte Geschwindigkeit ein.

Schneller! Gas! Er sah die Tachometernadel langsam über die Zahl 100 pendeln. 110. 120. Immer häufiger blickte er auf die Uhr und verglich die Zeit mit der Kilometerangabe auf den Schildern an den Ortseingängen.

Er legte sich in die Kurven. Ich muß das Tempo halten, dachte er, nachdem er zwanzig Minuten gefahren war. Glück hatte er mit dem Gegenverkehr, so daß er ungestört überholen konnte, nur einmal begann ein Dacia vor ihm das Tempo zu erhöhen, als er schon geblinkt hatte und gerade zum Überholen ansetzte.

Kellermann fluchte, denn nun begann der Gegenverkehr, der ihn zwang, hinter dem Dacia zu bleiben.

Erneut lag die Straße frei vor ihm. Wieder setzte er zum Überholen an, aber der Dacia beschleunigte auch jetzt.

Dieser schweigende Kampf dauerte Minuten.

Schweinehund! dachte Kellermann. Aber ich muß vorbei!

Und dann gab er wieder Gas. Als er auf gleicher Höhe mit dem Fahrer des Dacias war, drohte er ihm mit der Faust.

Der Mann aber blickte geradeaus, es war ein junger Mann, mit langen braunen Koteletten, der einen Kaugummi kaute.

Minutenlang fuhren sie auf gleicher Höhe. Kellermann wußte, daß er, wenn er den Mann nicht vor der nächsten Ortschaft überholen konnte, er ihn immer vor sich haben würde und er das Rennen gegen die Zeit verlieren konnte.

Er blickte auf die Uhr. Ich muß ihn überholen, dachte er. Ich muß! Und aufheulend schoß sein Wagen an dem Dacia vorbei.

Saukerl, fluchte Kellermann, als der Dacia im Rückspiegel immer kleiner wurde, bis er ihn nicht mehr sah. Die Tachometernadel pendelte leicht vibrierend bei der Zahl Einhundertzehn hin und her. Frei lag die Straße vor ihm. Er bot seine ganze Fahrkunst auf.

Vierzig Minuten hatte er gebraucht. Er spähte nach dem nächsten Schild mit der Kilometerangabe. Ich schaffe es, dachte er, auch wenn ich das Tempo wieder drosseln muß. Seine Lippen wurden immer schmaler. Er mußte ein paar Wagen überholen, zwei Wartburgs, drei Lastkraftwagen und einen Peugeot. Dann folgte ein grasgrüner Trabant. Er blickte wieder auf die Uhr.

Ich schaffe es, dachte er.

Und wieder Vollgas. Der Motor heulte auf.

Vor ihm und ganz plötzlich fuhr ein Trecker über die Straße. Kellermann bremste in Intervallen, und doch war das Tempo noch so reichlich, daß nur Zentimeter blieben, die ihn von einem Unfall trennten. Und wieder eine Kurve, ein Ortseingangsschild. Runter vom Gas, dachte er. Er gab wieder Vollgas, als er den Ort durchfahren hatte. Er sah die Stadt schon, die er erreichen wollte, sah ihre Türme und Hochhäuser. Da war der Stadtrand! Er stoppte den Wagen, um sich eine Pause des Verschnaufens zu gönnen. Er hätte Bullesbach nicht sagen dürfen, was er getan hatte, das wußte er.

Nachdem er zurückgekehrt war und an seinem Schreibtisch saß, erreichte ihn ein Anruf, der Schaaf betraf. Dieser sei mit seinem Wagen gestern abend an einen Baum geprallt und heute früh im Krankenhaus gestorben, ohne das Bewußtsein wiedererlangt zu haben. Der Unfall habe sich in der Nähe des Teufelsauges ereignet, genau einen Kilometer davor.

Dann las er die Aussage von einem gewissen Schmilde aus seiner Garagengemeinschaft.

Kellermann nickte.

Das Mosaik paßte zusammen.

Konnten sie die Schlinge zuziehen?

Die Vernehmung würden sie genau planen im Kollektiv der MUK, Frage für Frage. Sie würden versuchen, jede Antwort einzukalkulieren, weil ihr ja wieder eine gezielte Frage folgen mußte. Und eingeschoben in die Vernehmung würde die Untersuchung des Wagens, die ein entscheidendes Indiz bringen konnte.

Doch dazu war es erforderlich, daß der Verdächtige in seinem Shiguli kam.

21 Der Bluff

Als Kellermann aus dem Fenster blickte, sah er, daß ein dunkelgrüner Lada 1600 bereits vor der Bezirksbehörde stand.

Dann kam der Anruf.

»Hochbringen«, knurrte Kellermann und blickte kurz zu Fichtel, der sich so setzte, daß der zu Vernehmende den Mittelpunkt eines Dreiecks bildete und genau unter dem Mikrofon sitzen würde. Noch immer dachte er an das Geständnis dieses Pillig, das ihm telefonisch gemeldet worden war. Seine Ahnung hatte sich bestätigt: Pillig hatte tatsächlich seine eigene Frau ermordet.

Es klopfte.

»Nehmen Sie Platz, Herr Zechendorf«, sagte Kellermann. »Sie haben schon einen harten Vormittag hinter sich?«

Zechendorf nickte.

»Wir auch«, sagte Kellermann.

Er strich sich mit einer müden Handbewegung über das Haar und dachte wieder an das Geständnis dieses Pillig, der als Einbrecher vernommen worden war und plötzlich den Mord an seiner Frau gestanden hatte, der schon zwei Jahre zurücklag. Die Leiche war von dem Täter dort vergraben worden, wo sie sie nicht vermutet und gesucht hätten, in seinem Garten unter einem Rhabarberbeet.

»Da gesteht uns einer einen Mord, der Jahre zurückliegt«, sagte er.

»Was?« fragte Zechendorf.

»Wir hatten nicht mehr geglaubt, daß es ein Mord war.«

Kellermann schwieg einen Moment, ehe er fortfuhr, aber so, als ob er mit sich selber spräche.

»Keiner kann leben mit einem Mord im Gepäck. Keiner! So ein Wissen zerbricht jeden Menschen, früher oder später. Ein Leben zwischen Himmel und Hölle, in dem die Hölle überwiegt. Man muß schweigen, wo man sprechen will. Man sieht das Opfer im Traum, immer wieder, man erwacht und schläft nicht mehr ein, man ist nicht der gleiche Mensch, der man einmal war. Das Opfer ist allgegenwärtig. Und dann das Wissen, daß man die Verfolger im Nacken hat.«

Wachtmeister Kröger öffnete leise die Tür.

»Genosse Hauptmann, wir brauchen den Platz, wo der Wagen des Zeugen steht.«

Kellermann wandte sich an Zechendorf.

»Wir sind mitten in der Vernehmung, Herr Zechendorf. Der Genosse Kröger fährt Ihren Wagen schnell ein paar Meter weiter. Geben Sie uns die Autoschlüssel?«

»Das tue ich ungern«, sagte Zechendorf, gab aber Kröger die Schlüssel doch.

»Sie hatten ja einen schönen Lehrgangsort, Herr Zechendorf, dort in Bansin. Arbeit und Erholung in einem?«

»Es ist doch mehr Arbeit«, erwiderte Zechendorf.

»Es bleiben wenigstens die Abende«, sagte Kellermann.

»Ja«, sagte Zechendorf, und seine Gesichtszüge blieben gespannt.

»Ich kenne die Ecke dort oben gut«, sagte Kellermann. »Eine schöne Landschaft. Sie waren mit Ihrem Auto?«

»Ja. Ich mag keine Züge.«

»Ich nehme auch lieber das Auto«, sagte Kellermann. »Sie können rauchen, wenn Sie wollen.«

»Danke«, antwortete Zechendorf.

»Es ist gut«, sagte Kellermann, sich zurücklehnend, »wenn man auch mal ein paar persönliche Worte wechseln kann.«

Er blickte auf ein paar Fotos herab, die mit dem Rücken nach oben vor ihm auf der Schreibtischplatte lagen, dann winkte er Zechendorf zu sich heran, wendete ein Foto um, auf dem Marie Ampler zu sehen war.

»Sie haben das Mädchen noch nie gesehen?«

Zechendorf ließ sich auf seinen Stuhl zurückfallen, er saß wie versteinert.

»Sie unterschreiben hier ein Protokoll, Herr Zechendorf. Sie haben das Mädchen auch in unserer Stadt nie getroffen?«

»Nein.«

»Denken Sie an Bansin.«

Schweigen.

»Wo waren Sie am siebenten Mai kurz vor achtzehn Uhr?«

»Ich?«

»Sie haben getankt, Herr Zechendorf.«

Schweigen.

»Saßen Sie allein im Auto?«

»Wie soll ich das noch wissen?«

»Ich muß auf Ihrer Antwort bestehen, Herr Zechendorf. Wer saß in Ihrem Auto, als Sie tankten? Es gibt Zeugen. Wir können eine Gegenüberstellung vornehmen.«

Sekunden vergingen, die wie Minuten erschienen.

Das Telefon surrte.

Kellermann hob den Hörer ab, nickte, legte ihn wieder auf.

»Wir müssen kurz unterbrechen, Herr Zechendorf. Warten Sie bitte im Nebenzimmer.«

Dreißig Minuten dauerte es, ehe Fuchs vom Labor aus anrief.

»Kommen Sie bitte, Herr Zechendorf«, sagte Kellermann, der durch den Anruf seine Vermutung bestätigt fand.

Er blickte Zechendorf fest an.

»Sie nahmen nicht zufällig Marie Ampler mit?«

Schweigen.

»Und Sie trafen sie hier nicht wieder, in unserer Stadt, Herr Zechendorf?«

Schweigen.

»Aber der Abdruck Ihrer Handschuhe, die in Ihrem Handschuhfach liegen, Herr Zechendorf, stimmt mit dem überein, den wir in Marie Amplers Zimmer fanden.«

»Ein Handschuhabdruck? Sie sind ja verrückt.«

»Nein, Herr Zechendorf, das sind wir nicht. Die Kriminaltechnik ist soweit. Ihr Auto verborgen Sie doch nicht?«

»Nein.«

Zechendorfs Brustkorb hob und senkte sich sehr schnell.

»Wir haben noch mehr«, sagte Kellermann, der im Raum mit langen, schnellen Schritten auf und ab schritt, ehe er dicht an Zechendorf herantrat.

»Sie gingen am siebenundzwanzigsten August sehr früh aus dem Haus, Herr Zechendorf, aber Sie gingen nicht zum Bahnhof, Sie gingen in Ihre Garage und holten Ihren Wagen.«

Zechendorf blickte erschrocken zu Kellermann auf.

»Ja, Herr Zechendorf! Es gibt einen Zeugen, der an diesem Tag sehr früh in seiner Garage war, weil er sein Auto um zehn verkaufen und noch einige Mängel beseitigen wollte. Als Sie abfuhren, öffnete er sein Garagentor und sah Ihnen nach.«

Zechendorf schüttelte den Kopf.

»Sie mußten weg«, fuhr Kellermann fort, »weil die Sitzung um zehn begann.«

»Da hätte mein Wagen dort vor der Schule gestanden.«

»Nein, Herr Zechendorf. Nicht vor der Schule, sondern in einer Nebenstraße. Und Ihre Beratung dauerte genau bis elf Uhr eins, Herr Zechendorf. Ein Kollege, ein Pedant, der alles notiert, notierte auch die Zeit. Sie konnten also kurz nach elf im Auto sitzen.«

»Und dann war ich um zwölf Uhr hier?«

»Ja«, sagte Kellermann, »genau an der Telefonzelle bei der Turnhalle.«

»Das hätte ich nie geschafft! Da bräuchte ich ein Flugzeug.«

»Ich habe es ohne Flugzeug geschafft«, sagte Kellermann.

»Das ginge selbst rechnerisch nicht. Setzen Sie doch mal die Kilometerzahl ins Verhältnis zur erlaubten Geschwindigkeit.«

»Zur erlaubten«, erwiderte Kellermann. »Da geben Sie das Stichwort. Mit der unerlaubten Geschwindigkeit schafft man es. Und nach elf, wir haben das geprüft, ist der Verkehr oft nicht sehr dicht. Dann riefen Sie Marie Ampler an und erwarteten sie.«

»Sie trugen Handschuhe«, ergänzte Fichtel. »Die gleichen, die Sie auch im Zimmer Marie Amplers trugen, als Sie ein Foto suchten und alle Spuren verwischen wollten. Vorher aber, als Sie aus dem Waldweg auf die Straße bogen, überholten Sie noch eine Frau, die zur Stadt wanderte und Sie gesehen hat.«

»Es geht noch weiter«, begann Kellermann erneut. »Nachdem Sie die Spuren im Zimmer verwischt hatten, stellten Sie das Auto wieder in der Garage ab. Sie dachten, daß die Zeit günstig sei. Sie gingen unbemerkt auf den Bahnhof, setzten sich auf die Toilette und verließen den Bahnsteig mit dem Strom der Menschen, die dem Zug entstiegen.«

»Warum sollte ich?« fragte Zechendorf leise.

»Um ein weiteres Alibi zu haben. Sie kauften nämlich am Zeitungskiosk vor dem Bahnhof Zeitschriften, die Sie sonst nie lesen. Sie kauften viele, damit sich der Verkäufer erinnern konnte. Aber Sie wußten auch, daß er Sie als Lehrer kannte. Dann gingen Sie nach Hause. Für Ihre Frau kamen Sie pünktlich vom Zug. Und keiner, dachten Sie, hätte Sie je mit dem Mädchen gesehen, weil Sie sich im Wald trafen mit der Marie, und wenn Sie bei ihr in der Wohnung waren, stand Ihr Wagen in einer Seitenstraße, und die Tante war nicht anwesend.«

Zechendorf schwieg, er schüttelte nur leicht den Kopf.

»Was Sie sich konstruiert haben!«

Aber Kellermann begann erneut.

»Sie lernten Marie Ampler bei Ihrem Lehrgang an der Ostsee kennen. Sie gefielen der Marie, und Ihnen gefiel das Mädchen. Sie hielten sie für älter, als sie war. Aber Sie waren verheiratet, und an eine Scheidung dachten Sie nicht. Sie sprachen wohl nur davon, weil sie es gern hören wollte. Sie waren selbst überrascht von dem Interesse des Mädchens an Ihrer Person. Sie fuhren zurück und hatten Marie Ampler vergessen, aber plötzlich, als Sie schon lange wieder in unserer Stadt waren, rief Marie Ampler Sie an. Ihren Namen hatte sie im Telefonbuch gelesen. Und sie war schwanger! Und sie nahm das Verhältnis zwischen Ihnen und ihr ernst. So ernst, daß sie verlangte, wenn Sie sie schon nicht heirateten, sollten Sie sich wenigstens als Vater des Kindes bekennen.«

Kellermann sprach immer hastiger.

»Nun komme ich zu Ihrem Motiv, Herr Zechendorf. Ich ahnte es, als ich erfuhr, Sie waren ab erstem September stellvertretender Direktor an der Schule, in die Marie Ampler weiter gegangen wäre. Sie wären ihr Klassenlehrer und bald auch ihr Direktor gewesen! Es ging um Ihre Karriere, Herr Zechendorf! Das entdeckte Verhältnis zu einer noch minderjährigen Schülerin hätte Ihre pädagogische Laufbahn zerstört, und für immer!«

Im Raum war kein Geräusch zu vernehmen. Reglos saß Kellermann, reglos saß Fichtel, reglos saß Zechendorf.

»Sie können das nicht beweisen«, murmelte Zechendorf.

»O doch«, erwiderte Kellermann, »mit Zeugenaussagen und Indizien, die unwiderlegbar sind.«

Kellermann fuhr sich mit der Hand über das Haar.

»Sie haben das Auto innen nicht gewaschen. Sie dachten sicher, es habe ja kein Blut gegeben bei der Tat – also wozu? Ich wußte von Ihnen selbst, daß das Reinigen nicht Ihre Stärke ist. Ein kleiner Fund, ein Haar, das in Farbe und Struktur mit dem der Marie Ampler übereinstimmt, beweist zum Beispiel die Anwesenheit des Mädchens in Ihrem Auto. Vergessen Sie nicht die Handschuhabdrücke, die Frau auf der Landstraße, Herr Zechendorf.«

Kellermann legte die Hand auf Zechendorfs Schulter.

Zechendorf schüttelte die Hand nicht ab.

Lange hörte man kein Geräusch im Raum.

Zechendorf begann sehr leise und sehr stockend zu sprechen. Er blickte nicht auf bei seinen Worten.

»Als ich sie in Bansin getroffen habe, wußte ich ihr wahres Alter noch nicht . . . Die erste Begegnung hat mich in meinen Grundfesten erschüttert, sie hat mich an eine Jugendliebe erinnert, die ich nie vergessen habe. Die Erinnerung ist über mich hereingebrochen. Ich war wie von Sinnen. Ich kannte so ein Gefühl nicht. Ich habe in diesen Tagen an der See nur an dieses Mädchen gedacht. Sie war diese Jugendliebe Marion, die sich damals nicht erfüllt hat. Sie ähnelte Marion im Aussehen und im Wesen. Es war, als ob ich noch einmal jung würde, sehr jung. So fühlte ich mich auch. Ich fühlte mich als neuer Mensch.

So gab ich mich wohl auch. Ich wollte mich wehren gegen dieses Gefühl, aber es gelang mir nicht. Erst nach meiner Rückkehr fand ich meine innere Ruhe wieder, sehr langsam. Ich wurde nüchterner, zwang mich, das Mädchen zu vergessen. Ich begriff bald nicht mehr, wie ich mich von diesem Gefühl so überraschen lassen konnte. Ich bin eigentlich ein sehr nüchterner Mensch, wissen Sie. Und dann kam ihr Anruf. Und ich begriff, daß sie hier wohnte, in unserer Stadt. Sie rief bei mir an – und so, daß meine Frau mißtrauisch wurde. Doch sie hat das wohl beabsichtigt. Wir haben uns hinter der Turnhalle getroffen. Sie sagte mir, daß sie schwanger sei und daß sie das Kind wolle. Und sie wollte mich! Sie behauptete, daß auch ich sie lieben würde, aber nur aus Angst vor meiner Frau und dem Verlust meines Berufes nicht mit ihr leben wolle. Sie hasse die Feigheit und Unehrlichkeit meiner Generation und würde mich zwingen zu meinem Glück. Ich sollte mich von meiner Frau trennen und sie heiraten, wenn sie achtzehn und nicht mehr meine Schülerin wäre. Das Mädchen war verbohrt in diese Idee. Ich habe sie selten gesehen, nur heimlich, und bei jedem Mal einen Abbruch der Schwangerschaft gefordert. Endlich hat sie mir versprochen, einen Eingriff vornehmen zu lassen. Aber dann, im August, sagte sie mir, daß sie das Kind bekommen wolle. Sie würde mich nicht als Vater angeben, aber nur unter der Bedingung, daß ich mich scheiden ließe. Sofort. Eine große Liebe, behauptete sie, verlange große Taten. Sie drohte. Ich begriff, daß sie meine Karriere zerstören konnte. Ich begann sie zu hassen. Das Gefühl wurde immer stärker. Und sie bestand auf immer neuen Treffen. Und ich sollte stellvertretender Direktor an ihrer Schule werden! Und noch ihr Klassenlehrer! Und mein Antrag für einen Auslandseinsatz lief. Es war die Hölle.«

Zechendorf preßte die Hände vor das Gesicht.

»Ich habe es nicht tun wollen. Ich kann nicht mal ein Tier töten.«

»Aber Sie haben sich Alibis geschaffen, Herr Zechendorf?«

»Das habe ich nicht! Um zwölf wollte ich zurück sein, am siebenundzwanzigsten August, weil die Mittagspause der Marie begann. Und am Vorabend hatte sie wieder gedroht, sie würde an der Schule alles sagen. Alles. Oder – die Scheidung. Ich mußte einfach mit ihr reden, ehe sie eine Dummheit machte. Auch da hatte ich noch nicht an die Tat gedacht, als sie neben mir im Auto saß. Nimm doch Vernunft an, habe ich gebettelt. Beinahe auf den Knien. Aber sie antwortete mir, daß es zu spät sei. Und auch an einen Abbruch habe sie nie gedacht. Nie! Wir saßen im Auto, und es regnete. Es regnete immer stärker. Ich muß dich zwingen, hat sie gesagt. Später wirst du mir recht geben. Da bin ich losgefahren. Aber auch da habe ich noch nicht gewußt, ob ich es tun würde. Ich fuhr einfach los. Und dann sah ich den Waldweg. Was, fragte sie, willst du am Teufelsauge? Ich wollte nur wenden und hielt an, als ich ein Stück auf dem Weg gefahren war. Dann haben wir uns erneut gestritten. Mit einemmal habe ich sie gepackt. Ich habe nie geglaubt, wie stark Wut die Finger macht, denn ich habe sie einfach nur packen wollen, aber sie war plötzlich leblos. Sie war tot! Sie war tot . . . Ich hatte eine wahnsinnige Angst. Da habe ich an diesen Tümpel gedacht. Ich habe sie getragen, aber ich hätte sie nicht eingraben können. Ich wagte nicht einmal, ihr in das Gesicht zu sehen. Ich rannte mit ihr zu diesem Tümpel. Sie wurde schwer und schwerer. Ich sah neben mir Brennesseln, unheimlich viele. Ich warf sie hinein und rannte zurück zum Auto. Ich war wie von Sinnen. Alles brach zusammen. Ich parkte am Stadtrand. Und da erst habe ich alles so richtig begriffen. Mein Leben war zerstört. Aber dann wollte ich nicht aufgeben, wollte kämpfen um dieses Leben. Ich fuhr zu ihrer Tante, um meine Spuren im Zimmer zu löschen. Ihre Tasche mit dem Schlüssel lag in meinem Auto. Keiner war im Haus um diese Zeit, ich wußte das. Da ich am Tag vorher in diesem Zimmer gewesen war, habe ich alle Stellen abgewischt, die ich berührt haben konnte. Ich habe später in meiner Garage gesessen.«

»Sie sind dann zum Bahnhof gegangen«, fragte Kellermann, »damit es aussah, als kämen Sie mit dem Zug an?«

Zechendorf nickte.

»Es war so, wie Sie es sagten. Aber ich habe in den Tagen darauf keine Ruhe gefunden. Ich war kein Mensch mehr. Ich wollte nach Berlin fahren und mich stellen. Nicht hier, nicht in dieser Stadt.«

»Das Gedicht über die Marie A. haben Sie ihr in Bansin geschenkt«, sagte Kellermann. »Ich ahnte es, ehe wir die Schreibmaschine fanden.«

»Da haben Sie mich nicht eher geholt?« fragte Zechendorf leise.

»Eine Intuition kann falsch sein«, erwiderte Kellermann. »Was bei uns zählt, ist der Beweis.«

Zechendorf preßte das Gesicht in seine Handflächen.

Er weint ohne Tränen, dachte Kellermann, als er herabsah auf die zuckenden Schultern Zechendorfs.

Bitte umblättern:

Kriminalromane

Eine Auswahl

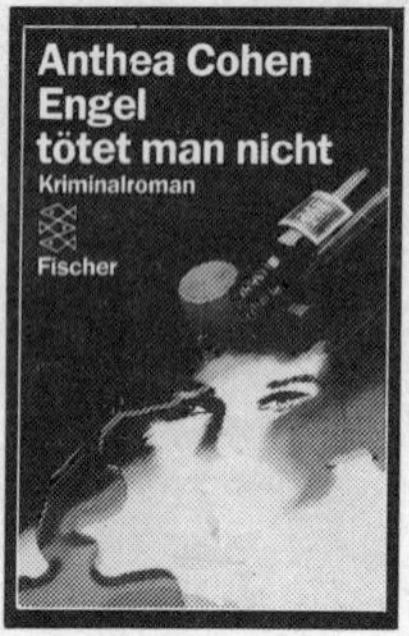

Simon Brett

Der dreizehnte Killer
Band 8269

Dunkelmänner haben keine Schatten
Band 8183

Komödianten lachen laut und sterben leise
Ein Fall für Charles Paris
Band 8208

Mord stand nicht im Textbuch
Band 8169

Spekulanten spaßen nicht
Ein Fall für Charles Paris
Band 8158

Martine Carton

Apollo und Die Gaukler
Band 8068

Hera und Die Monetenkratzer
Band 8141

Martina oder Jan-Kees verliert seinen Kopf
Band 8113

Medusa und Die grünen Witwen
Band 8023

Nofretete und Die Reisenden einer Kreuzfahrt
Band 8038

Samson und Die Rasta-Männer
Band 8137

Victoria und Die Ölscheiche
Band 8067

Anthea Cohen

Carmichaels kleines Glück
Band 8232

Engel tötet man nicht
Band 8209

Alain Demouzon

Bleierner Sommer
Band 8211

Monsieur Abel und der Fall Raguenaud
Band 8188

Mouche
Band 8170

Fischer Taschenbuch Verlag

fi 503 / 3 a

Kriminalromane

Eine Auswahl

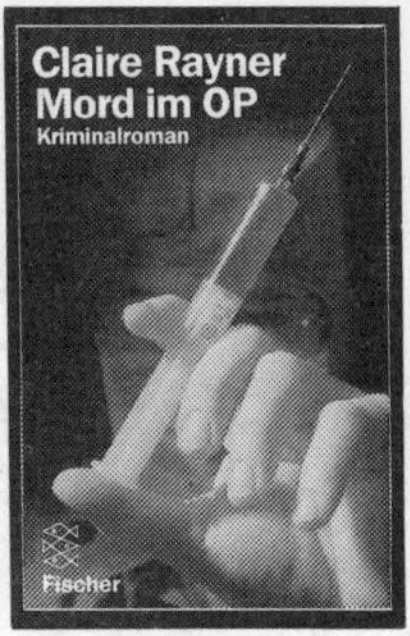

Stanley Ellin
Das Kartenhaus
Band 8114

Tod am Weihnachtsabend
Band 8267

James Grady
Der Schatten des Condor
Band 2608

Die 6 Tage des Condor
Band 8116

Søren Jakobsen
Die Marmortaube
Band 8152

Der radioaktive Mann
Band 8151

Roderich Klett
Der Tod kam live
Band 8174

Seicho Matsumoto
Mord am Amagi-Paß
Band 8186

Spiel mit dem Fahrplan
Band 8230

Mirjam Pressler
Mit 64 stirbt man nicht
Band 8134

Claire Rayner
Das Haus im Fenn
Band 8117

Mord im OP
Band 8118

Robert Roden
Gargano
Band 8200

Marut
Band 8268

Gerhard Scherfling
Wer zuviel weiß, muß sterben
Band 8266

Tödliche Beziehungen
Kriminalerzählungen
Band 8206

Ein seltener Fall von Witwenverbrennung
Kriminalerzählungen
Band 8207

Bari Wood
Zwillinge
Band 8003

Fischer Taschenbuch Verlag

fi 503/2b

Jürgen und Marita Alberts
Entführt in der Toskana

Kriminalroman

Band 8284

Während Clas Lutter, Journalist der »Schwäbischen Nachrichten« aus Tübingen, im Urlaub mit Freunden den Palio, das traditionelle Pferderennen in Siena, verfolgt, verschwindet der Bruder seines Chefs, Josef Bock, spurlos aus einer Villa in der Toskana. Die Polizei tippt auf die Brigate rosse oder sardische Banditen.
Die mutmaßlichen Entführer schweigen. Clas Lutter recherchiert auf eigene Faust. Unterdessen gelingt es dem Bruder des Entführten, Franz Bock, Chef eines Medienkonzerns, mit Hilfe seines italienischen Generalbevollmächtigten aus Rom, Kontakt zu den Entführern aufzunehmen. Der Roman entwirft, an wechselnden Schauplätzen, Szenerien und Personal einer spektakulären Entführung und zeigt zugleich, wie ein Konzernchef, der mit der Funktionsweise der Medien vertraut ist, sich der Öffentlichkeit bedient, um seine ureigenen Interessen durchzusetzen – und dabei Opfer seiner eigenen Strategie wird.
Siena, Lucca, Florenz und das Urlaubsland Toskana bilden den farbigen Schauplatz dieser bis zur letzten Seite spannenden Entführungsgeschichte.

Fischer Taschenbuch Verlag

fi 702/1

Mary Higgins Clark
Die Gnadenfrist
Roman

Eine Frau ist umgebracht worden, ihr Sohn war Augenzeuge des Verbrechens. Während Ronald Thompson, unschuldig an dem Mord, in die Mühlen der Justiz gerät und Steve, der Vater des Jungen, in Presse und Fernsehen den Tod des vermeintlichen Mörders fordert, kämpft die Journalistin Sharon, Steves neue Frau, kompromißlos gegen die Todesstrafe. Als Sharon und der Junge entführt werden, beginnt der alptraumartige Höhepunkt des Romans: In einem dunklen Kerker erleben die beiden, wie ihr Entführer einen teuflischen Anschlag vorbereitet. Die Polizei führt einen dramatischen, scheinbar aussichtslosen Kampf gegen die Uhr. Der Roman beruht auf einer wahren Geschichte.

Band 2615

Im Fischer Taschenbuch Verlag ist noch ein weiterer Band lieferbar:
Wo waren Sie, Dr. Highley?
Band 8057

Fischer Taschenbuch Verlag

fi 253/2

Roger Borniche

Roger Borniche, geboren 1919, trat 1944 in den Polizeidienst ein. In seinen zwanzig Dienstjahren hat der erfolgreichste Kriminalinspektor Frankreichs den Rekord von 547 Festnahmen gesuchter Gangster zu verbuchen. In seinen spannenden Romanen fesselt der schreibgewandte Autor mit Fällen aus der eigenen Praxis.

»Realität von der ersten bis zur letzten Seite.
Das Aufregenste, was ich seit langem gelesen habe.«
Jürgen Roland

Duell in sechs Runden
Kriminalroman. Band 1883

Pierrot le Fou ist nicht zu fassen
Kriminalroman. Band 2601

Tatort Côte d' Azur
Kriminalroman. Band 2619

Der Spitzel
Kriminalroman. Band 8061

Fischer Taschenbuch Verlag

fi 262/4

Robert Roden

Gargano

Ein Professor und drei Studenten auf einer botanischen Exkursion in Italien – was könnte harmloser sein? Aber dann stößt die Gruppe auf ein Kokain-Lager der Mafia, und durch eine Verkettung unglücklicher Umstände werden erst Richard und dann Frank von Mafiosi ermordet. Es ist wie ein böser Traum. Peter und Sheila fliehen, zunächst zusammen, dann getrennt. Sie werden von der Mafia und von der Polizei gejagt und gestellt. Sie brechen aus und fliehen in Richtung Autostrada durchs Gebirge, durch die Macchie, unter Menschen – in einem Land, wo sie niemandem mehr zu trauen wagen.

Band 8200

Jan Flieger

Der graue Mann

Kriminalroman

ca. 194 Seiten · Broschur · 6,50 DM
ISBN 354-00328-6
639 407 6, Flieger, Mann

Eine kleine Stadt in einem beliebten Ausflugsgebiet der DDR gerät in Aufruhr – die Schülerin Susanne Schirmer wurde sexuell mißbraucht und ermordet. Hauptmann Kellermann und sein Team beginnen zu ermitteln. Erste Fingerzeige enthält ein Tagebuch der Ermordeten: Wer verbirgt sich hinter den Buchstaben E., M., K. und H.? Warum hat der Vater des Opfers das Tagebuch nicht erwähnt in der ersten Vernehmung? War der Täter ein Bekannter der Susanne S.?

Ihre Bestellung richten Sie bitte an eine Buchhandlung.

mdv

Mitteldeutscher Verlag Halle · Leipzig
Thälmannplatz 2, Postfach 295, Halle, DDR – 4010